LETTRES

DE DEUX AMANS,

HABITANS DE LYON.

LETTRES
DE DEUX AMANS,

HABITANS DE LYON;

Publiées par M. LÉONARD.

NOUVELLE ÉDITION.

TOME SECOND.

À LONDRES,

Et se trouve à PARIS,

Chez DESENNE, Libraire, au Palais Royal,
passage de Richelieu.

M. DCC. LXXXIV.

LETTRES

DE DEUX AMANS,

HABITANS DE LYON.

LETTRE XLVI.

FALDONI au CURÉ.

REVENEZ donc, mon cher Mentor ! que faites-vous loin d'ici, loin d'un ami qui vous regrette & vous defire ? Qu'eft devenu le temps où j'allois verfer dans votre fein mes fecrettes inquiétudes ? Vous étiez mon con-

Tome II.　　　　A

folateur , mon guide & mon appui : je n'avois pas une penfée
dont vous ne fuffiez le dépofitaire :
vous receviez mes larmes : vous
me rendiez la joie & l'efpérance.
Hélas ! ils ne font plus ces jours
de confiance & de paix où je
voyois la fageffe , fous les traits
d'un vénérable Miniftre, defcendre jufqu'à nous , & fe mêler à
nos folâtres amufemens ; où mon
digne ami jouiffoit de la félicité
de deux amans , & partageoit les
tendres émotions de leurs cœurs.
O mon bienfaiteur ! vous avez
emporté mes plaifirs avec vous !
D'où vient cette trifteffe qui m'accable , & de quoi donc ai-je à
me plaindre ? On me comble ici
de bontés & d'égards ; Made-

moifelle de Saint-Cyran n'a point changé pour moi ; & cependant je laiffe échapper des pleurs involontaires ! Depuis que Madame d'Armiane & fa fille font arrivées, les deux amies ne fe quittent plus. Il femble que Conftance m'ait ravi une partie des fentimens de Thérefe. Je porte envie à leur amitié, à leurs entretiens, à leurs moindres careffes. Cette paifible jouiffance me paroît bien préférable aux tranfports tumultueux de l'amour ! Il eft trop vrai que mon bonheur n'eft plus le même : je vois s'approcher les jours de l'infortune : déja nous commençons à nous diperfer. Il eft affreux de fe quitter quand on a formé la douce habitude de fe voir : le

cœur s'arrache avec douleur à la
société qu'il s'est choisie : mais
qu'y a-t-il de constant sur la terre?
Nous vivions dans une parfaite
intelligence ; il faut la rompre ;
& c'est ainsi que la nature nous
dispose à la derniere séparation.
Le temps vole & chasse devant
lui les amitiés humaines, comme
le vent balaie la poussiere. On
s'éloigne ; on ne se rapproche
plus ; ou si l'on revient sur les
scenes passées, on est surpris de
n'être plus ému si vivement : le
cœur n'a point changé ; mais les
situations ne font plus les mêmes.
Triste variété qui détruit le charme d'une possession durable &
tranquille !

Je conserverai toute ma vie le

souvenir d'un ami que j'avois acquis dans mon enfance. Il étoit aſſez rare de voir un homme grave & mûr accueillir un poliçon, l'aſſocier à ſes promenades, & le produire dans ſes connoiſſances. J'arrivois chez lui, chargé de la pouſſiere de ma claſſe, avec toute l'étourderie de quatorze ans ; je feuilletois ſes livres & ſes eſtampes ; je les emportois ; quelquefois je lui crayonnois de mauvais deſſins qu'il faiſoit encadrer ſoigneuſement. Je me rappelle avec plaiſir ces ſoirées d'hiver où, aſſis au coin de ſon feu, près de ſon vénérable pere, image des antiques patriarches, âgé de plus de quatre-vingt ans, nous faiſions des lectures intéreſſantes. La gouver-

nante, debout derriere nos chai-
ſes, écoutoit & joignoit ſes réflexions aux nôtres. Son logement étoit reſſerré comme ſa fortune, & le plus ſouvent nous paſ-
ſions ces ſoirées charmantes dans
une petite piece qui lui ſervoit
de cuiſine. Là, tandis que le ſou-
per frugal ſe préparoit, nous pour-
ſuivions nos entretiens graves ou
plaiſans ; le bon vieillard nous
racontoit longuement les hiſtoires
de ſa jeuneſſe, & les pieds étendus
ſur les tiſons, nous nous amuſions
à l'entendre. Je n'ai jamais goûté
d'heures plus agréables ; j'étois
tout fier d'occuper une place dans
la ſociété, & de converſer avec
des hommes, moi qui ne vivois
encore qu'avec des enfans : l'inſ-

tant où j'accourois chez mon voi-
fin, étoit une jouiffance. Avec
quelle vîteffe je montois fes dé-
grés ! Comme le cœur me bat-
toit de joie, quand il m'ouvroit
fa porte hofpitaliere ! Dans les
jours de fête ou de congé, j'arrivois de bonne heure ; il prenoit
fon bâton, appelloit fon chien,
& nous allions dans les campagnes d'alentour. Souvent même
pendant la froide faifon & dans
une belle gelée de Janvier, nous
répétions ces promenades qui me
fembloient délicieufes. Bientôt
mes études finirent ; je partis pour
mes voyages, & je perdis de vue
cet honnête homme : à mon retour dans ma patrie, je m'empreffai
de le chercher ; mais, hélas ! quel

ravage les années font autour de
nous! Il avoit quitté fon ancien
logement, ce lieu qui m'étoit fi
cher! Son vieux pere étoit mort:
fa gouvernante feule lui reftoit.
Je le trouvai: mais ce n'étoit plus
lui: des revers de fortune avoient
renverfé fon cerveau; il végétoit
dans un état d'enfance: je détour-
nai les yeux pour lui cacher mes
larmes. Pauvre efpece humaine
dont un coup de vent détruit la
raifon! Ayez donc de l'orgueil!
Ofez-vous prévaloir des avantages de l'efprit, vous qu'une roue
dérangée dans cette frêle machine
peut réduire à l'inftinct des brutes! Mon ami n'a pas furvêcu long-
temps à l'altération de fes organes; il avoit déjà fini fa carriere,

& la mort n'a fait que faifir le refte de fa proie. Avant fà difgrace, il n'y avoit point d'homme plus heureux. Tout l'amufoit; il étoit content de tout, & il avoit l'art d'attacher un prix aux moindres chofes.

Pardonnez-moi ces longs détails : qui plus que vous, Monfieur, eft fait pour les apprécier ? En les écrivant, mon cœur fe foulage, & je goûte une forte de plaifir à payer ce tribut de reconnoiffance à l'amitié, devant un ami qui m'a fi bien confolé de ma perte.

A 5

LETTRE XLVII.

Au même.

Nous avions invité Madame
d'Armiane , sa fille & quelques
étrangers à faire une promenade
dans le parc. En entrant dans l'o-
rangerie , nos deux hôtesses ont
été frappées d'une surprise agréable, à la vue d'un pavillon de
verdure orné de festons qui sem-
bloient pendre naturellement sur
toutes les branches. Des bancs
de gazons semés de roses, d'œil-
lets, de tubéreuses, bordoient
l'intérieur du pavillon & entou-
roient une table couverte de
crême , de patisseries & des meil-

leurs fruits de la faifon. Nous nous
fommes placés confufément autour de la table, au bruit d'un ruiffeau qui couloit à nos pieds & d'un
chœur d'oifeaux qui gafouilloient
fous les ombrages. Madame d'Armiane & fa fille à qui l'on faifoit
les honneurs de la fête en étoient
enchantées. Tandis qu'on buvoit
à leur bien-venue , un concert
eft parti des bofquets d'alentour :
le fon des inftrumens accompa-
gnoit des voix légeres & fléxibles,
& a fait naitre l'envie d'aller entendre cette mufique de plus près :
l'affemblée eft accourue dans une
grande falle formée par des ar-
cades de feuillages & bordée
d'un amphitéatre de verdure
qui fe rvoit de fiege à tout un

peuple attiré des villages voifins,
dont la foule a paru d'autant plus
merveilleufe, que la tranquillité
de ces bois leur donnoit un air
de folitude. Différentes fcènes
étoient repréfentées fous les ar-
cades : des enfàns y jouoient des
paftorales avec toute l'ingénuité
de leur âge : ailleurs des groupes
de jeunes garçons & de jeunes
filles, au milieu defquels étoient
de bons vieillards & de vénérables matrônes, imitoient leurs veil-
lées villageoifes. Tous les acteurs
fe font levés & formant deux
bandes ils ont commencé à dan-
fer, auffi-tôt que l'orcheftre en a
donné le fignal. Une jeune fille vê-
tue de blanc & d'une beauté tou-
chante a paru au milieu du cer-

cle, amenée par un jeune homme de la figure la plus heureuſe : ils avoient à la main des bouquets qu'ils ont préſentés à Madame d'Armiane & à ſa fille : l'aimable couple venoit ce jour même d'être uni par l'himen, & c'étoit Mademoiſelle de Saint-Cyran qui, de ſes épargnes & de quelques généroſités faites par ſa mere, avoit doté la jeune épouſe : elle avoit fixé l'époque de leur union à l'arrivée de ſa couſine : elle vouloit, diſoit-elle, jouir à là fois de tous ſes plaiſirs & conſacrer ce beau jour à faire des heureux. Les jeux finis, nous avons paſſé dans une allée de grands arbres où ſe trouvoit préparé un repas ſomptueux : les femmes ſe ſont rangées à table; les hommes de bout derriere elles, les fervoient & en étoient fervis. C'étoit un tableau charmant de voir cette longue file de jeunes payfanes toutes vêtues uniformement & les villageois avec les rubans qui flottoient à leurs chapeaux. L'expreffion de la joie qui brilloit fur tous les vifages, le rire éclatant, les bons mots, les contes plaifans, les chanfons, l'heureufe & franche liberté, tout cela ne peut fe rendre. L'image de leur bonheur fe communiquoit jufqu'à moi, & faifoit couler dans mes veines des torrens de plaifir. Thérefe & Conftance occupées à faire les honneurs de la fête n'avoient point de repos. Mille voix por-

toient leurs noms jufqu'au ciel,
& la bénédiction des convives fe
mêloit au bruit de leurs couplets
ruftiques. Le repas a duré jufqu'au
foir : alors un feu d'artifice eft parti
du milieu du canal. La façade du
château, toutes les allées du parc,
& tous les parterres ont paru illu-
minés. Les portiques de lumiere
qui brilloient au-deffus des ber-
ceaux en fleurs, les gerbes qui
retomboient en millions d'étoiles
& qui nous couvroient tout-à-
coup d'une clarté éblouiffante,
l'illufion d'une nuit charmante,
le fon des inftrumens, les chants
& les voix confufes de l'affemblée
fe réuniffoient pour former le
plus beau des fpectacles. Je vais
me repofer, car pour vous avouer

mon secret, j'ai été chargé de diriger la fête, d'inftruire les enfans, de leur apprendre leurs rôles, de difpofer les décorations & de veiller au bon ordre. Depuis quinze jours, je n'étois occupé que de ces préparatifs, & la crainte d'échouer m'a fait paffer fouvent de mauvaifes nuits. Celle-ci fera tranquille, je l'efpere, & je vais dormir fur mes lauriers, s'il eft vrai que le fommeil puiffe approcher de moi. O mon ami ! comment l'oublier un inftant ! Comment ceffer de voir cette figure angélique environnée de tous ceux dont elle fait le bonheur, & partageant leur joie? Quel triomphe, & qu'il étoit digne de fon cœur ! Jamais je

n'entendis d'éloge plus touchant
que celui de tous ces payſans qui
la chériſſent. Oui, Monſieur,
j'en ai vu ſe mettre à genoux devant elle, d'autres baiſer ſa robe
& s'en aller contens, d'autres paroître tout fiers d'en avoir obtenu
un ſourire ! Ce n'eſt pas être aimée ; c'eſt uſurper les droits de
la divinité qu'on adore. Je con-
duiſois cette nuit les deux cou-
ſines dans le parc au milieu de
cette foule joyeuſe : nous avons
marché quelques momens dans
un boſquet écarté, d'où le bruit
ne ſe faiſoit entendre que dans
l'éloignement : Théreſe tenoit la
main de ſa couſine & ſoupiroit :
ſon mouchoir eſt tombé ; en le
relevant, je l'ai ſenti baigné de

pleurs. Ah ! lui ai-je dit, je vois
qu'il eſt plus aiſé de faire le bonheur des autres que le ſien ! Mon
ami, m'a-t-elle répondu, cette
journée eſt trop belle ; je ne dois
plus m'attendre qu'à des diſgraces.
Pour chaſſer ſa triſteſſe, Conſtance nous a ramenés dans le
cercle où la joie, le tumulte &
le mouvement nous ont diſtraits.
On a danſé juſqu'au point du jour :
alors Théreſe a pris le bras de ſa
couſine & le mien ; nous avons
été nous aſſeoir ſur un tertre
élevé qui eſt au milieu du parc.
On voyoit de là les premieres
couleurs de l'aurore ; l'étoile de
Vénus brilloit de tout ſon éclat ;
des nuages de pourpre & d'argent
étoient répandus ſur toute la ſur-

face de l'horifon : la nature, autour de nous, repofoit dans un
calme parfait : on entendoit à
peine le bruit des violons dans
le lointain. Thérefe a levé fes
yeux humides vers le ciel, & les
a baiffés fur moi avec une tendreffe inexprimable. Une douce
mélancolie nous pénétroit. Nos
réfléxions font devenues férieufes.
Thérefe m'a rappellé les premiers
temps de nos amours, ces temps
fi doux & fi promptement écou-
lés : nous étions heureux, a-t-elle
ajouté ; mais le ferons-nous toujours ? le ferons-nous long-temps ?
tout paffe & le bonheur fur-tout.
Nos cœurs même, nos cœurs ne
font-ils pas fujets aux révolutions
de la nature ? J'ai trop appris à

connoître l'inftabilité des événemens pour compter fur un plaifir
durable ; & voyant que je pleurois, pourquoi vous affliger, mon
ami ? il faut s'attendre aux revers.
Les jours de la félicité font peut-
être finis pour nous ; ne nous abu-
fons pas fur notre état ; il eft dans
la main de la Providence qui
peut le rendre à jamais fortuné :
mais vous voyez combien de pé-
rils nous environnent ; béniffons
le ciel fi nous obtenons encore
quelques beaux jours ; pour moi
je n'en efpere plus. Je crois donc
que la fageffe humaine doit fe
borner, non pas à prévenir des
maux que nous redoutons fans
pouvoir les éviter, mais à goûter
paifiblement les biens actuels qui

nous font accordés. Aimons-nous,
mon cher Faldoni, avec autant
d'excès que fi nous devions nous
féparer demain ; nous féparer !
non, c'eft mal dire, mais quitter
la vie : car je me flatte, a-t-elle
repris avec un ton qui me per-
çoit l'ame & en me tendant la
main, je me flatte que cet engagement eft l'affaire de notre vie.
Je couvrois cette main de baifers
& de larmes ; elle s'eft levée &
détachant le bouquet qu'elle avoit
à fon fein, confacrons, a-t-elle
dit, ce lieu où j'ai joui peut-être
de mes derniers plaifirs. A ces
mots, elle a placé fes fleurs fur
le gafon où elle s'étoit affife.
Lieu charmant ! je ne m'en
approcherai qu'avec vénération.

Son bouquet fe fannera ; mais nos cœurs, ah ! j'en jurerois ! nos cœurs feront toujours les mêmes.

LETTRE XLVIII.

THÉRESE à FALDONI.

LE soir est calme & serein : on n'entend dans le vallon que le murmure éloigné d'une cascade. Où êtes-vous, mon philosophe ! les sentiers secrets de la montagne sont abandonnés, & les bois agitent vainement leurs cimes touffues. Voici l'heure de nos promenades, & vous ne venez pas ! Les deux cousines se plaignent d'être seules, & Constance qui dicte à son amie ces phrases poétiques de sa lettre ne vous pardonne point votre absence. Nous sommes sous l'arbre & dans la prairie où nous avons coutume de vous attendre. Le nom de Faldoni frappe l'écho des rochers & revient triſtement. Chaque pas qui ſe fait entendre ſur la route me donne une ſubite émotion ; je crois toujours vous voir : mais mon eſpérance eſt déçue & mes ſoupirs ſont emportés par les vents avec la pouſſiere qui s'éleve ſous les pieds des voyageurs.

Nous avons déja dit ving fois : pourquoi ne vient-il pas ? & nos yeux demeurent fixés ſur la plaine. Eſt-ce lui que je vois dans le chemin qui borde la forêt ? Non, dit Conſtance ; c'eſt un villageois occupé de ſes travaux. — Mais que fait-il donc ? — Il va venir. Il doit venir. Il viendra ſurement.

Voilà

Voilà tous nos entretiens. Arri-
vez, mon bon ami ! Venez calmer
nos inquiétudes. S'il y a des termes plus doux, plus touchans que
ceux de l'amitié, je les emploierai
pour hâter votre retour. J'ai reçu
ce matin des roſes d'une pauvre
femme à qui j'avois rendu quelques ſervices. C'étoit un tribut
de reconnoiſſance digne de vous
être offert : j'en avois fait pour
vous une guirlande. Mais hélas !
mon eſpérance & mes roſes ſe
ſont flétries !

P. S. Ma couſine eſt une cu-
rieuſe ; elle ſe ſouvient que vous
lui avez parlé quelquefois d'une
relation de vos voyages ; elle
brûle de l'entendre & me charge

Tome II.   B

de vous l'écrire. Arrangez-vous
pour la fatisfaire : mais je vous
préviens que je n'ai point de part
à fa priere & que je n'aurois jamais ofé la rifquer pour mon
compte.

LETTRE XLIX.

FALDONI à THÉRESE.

MALGRÉ l'impatience où j'étois d'aller jouir aux Ormes des plaifirs de ma foirée, je n'ai pu refufer à des malheureux qui imploroient mon fecours un temps qui m'étoit bien cher. Je pars, charmante amie, au moment où je reçois votre meſſager, & j'emporte mes mémoires. Je crains bien qu'ils n'altérent l'opinion généreuſe que vous avez conçue de moi. L'hiſtoire de ma jeuneſſe eſt celle de mes erreurs : mais vous fecondez le projet que j'avois depuis long-temps de me

B 2

dévoiler à vos yeux : il eſt juſte
en effet , qu'avant d'unir votre
deſtinée à la mienne , vous me
connoiſſiez tout entier , & je
prends le ciel à témoin qu'il n'y
a pas un moment de ma vie dont
je vouluſſe vous faire un myſtere.

MEMOIRES

DE FALDONI.

JE suis né à Livourne. Mon pere
occupoit une des premieres pla-
ces de l'État, & ses richesses
égaloient son crédit ; mais de
malheureuses entreprises risquées
dans le commerce & des disgra-
ces multipliées le forcerent d'a-
bandonner ses emplois : il n'avoit
sauvé des débris de sa fortune
qu'une petite terre où il se retira.
Je l'avois peu vu depuis mon enfance : élevé dans des écoles pu-
bliques, je m'accoutumois à me
regarder comme un citoyen du
monde, & quand je rentrai dans

la maifon paternelle , j'y vécus
en étranger. Je vis bientôt que
dans ma terre natale je n'avois
rien à prétendre : né avec un
cœur fuperbe , amoureux de l'indépendance, ennemi des baffeffes,
que pouvois-je faire ? Je me fentois oppreffé : l'humeur me bour-
réloit. Je préférai la mifere & l'é-
loignement : je quittai mon pere &
ma patrie, & je leur payai le tribut
de quelques larmes. Je me trouvois perdu dans une autre contrée,
fans amis , fans parens, fans fortune & fans état. J'y traînai long-
temps une vie obfcure, pourfuivi
par le fort, déja tourmenté par
les paffions naiffantes , heureux
cependant & fatisfait de moi-
même. Mon cœur n'avoit pas

encore abandonné la vertu , &
je refpectois cette voix fecrette
qu'on n'étouffe jamais impuné-
ment : un moment d'erreur vint
troubler mon repos & me laiffa
des remords que le temps n'a pu
calmer.

J'avois été paffer quelques jours
à la campagne, dans une terre à
dix lieues de Paris. La famille
de mon hôte étoit compofée d'un
pere & de fes deux filles : l'aînée
douce , aimable , intéreffante ,
rachetoit par fes graces ce qui
lui manquoit dans les agrémens
de la figure. Je n'avois jamais
connu l'amour, & malheureufe-
ment elle ne m'apprit point à le
connoître ; mais elle fit naître en
moi cette émotion qu'on ne peut

refuſer à la jeuneſſe parée de
tant de charmes. Pour elle, ſon
cœur dont le moment peut-être
étoit venu, ſe livra ſans défenſe
à mes premieres avances. Je trouvois dans cette maiſon une vie
tranquille & réglée, des vertus
domeſtiques, l'hoſpitalité, la bien-
faiſance & une bonne foi qui ne
ſoupçonnoit pas même un abus
de confiance. On paſſoit trois
ſaiſons à la campagne, & on re-
tournoit dépenſer à Paris, pendant l'hiver, un modique revenu
qui ſuffiſoit pour y maintenir la
famille avec décence, & y traiter
quelques amis dont le nombre
étoit borné. Les jeunes perſonnes
renfermées dans un cercle étroit
ignoroient l'uſage du monde &

l'art perfide des fociétés : leurs
ames franches étoient telles que
Dieu les avoit faites , & elles n'a-
voient ni ôté ni ajouté à leurs
facultés originelles. J'avois eu
l'occafion d'obliger leur pere ; il
me preffa avec la chaleur de la
reconnoiffance de l'aller voir à fa
terre : après plufieurs excufes ,
je me rendis à fes inftances. Malheureux vieillard qui me follici-
toit , fans le favoir , d'aller porter
chez lui le trouble & le déshon-
neur ! Le foir, après le fouper, quand
nous étions encore rangés autour
de la table , on me faifoit racon-
terfou vent l'hiftoire de mes voyages , & pendant ce récit , Louife
témoignoit le plus tendre intérêt
qu'elle manifeftoit par fes larmes.

Quand je peignois les situations d'une vie agitée, les horreurs de l'infortune où j'avois langui, les dégoûts qu'il m'avoit fallu dévorer auprès de l'altiere opulence & de la grandeur fastueuse, cette succession rapide d'états divers que j'embrassois & fuyois sitôt que j'y sentois le poids de mes entraves ; quand je me représentois luttant comme un forçat avec la destinée, portant avec moi cet amour de la liberté qui me faisoit rejetter toute idée d'assujettissement, malheureux par mon sort, plus malheureux par mon esprit d'indépendance, qui ne m'offroit dans l'avenir qu'une perspective désolante ; alors avec une agitation marquée, Louise

écoutoit, les yeux fixés fur moi ,
croyant fentir mes peines, fou-
pirant , & quelquefois m'inter-
rompant par des exclamations généreufes. Elle aimoit mon courage ; cette hauteur dans la mifere
ne lui déplaifoit pas ; elle eftimoit
la fierté avec laquelle j'avois
quitté ma patrie , & elle me difoit
avec douceur que je la retrouve-
rois en France. Je paffois les jours
entiers avec elle & fa fœur ;
l'habitude d'être enfemble reffer-
roit de plus en plus les nœuds
d'une amitié naiffante : j'étois fans
projet d'aimer & de féduire , &
c'eft un aveu dû à mon cœur que
je repouffai fouvent la cruelle
idée de troubler la paix de ces
timides colombes. Le pere me

livroit ſes filles avec une confiance hélas! cruellement déçue.
Mais l'honnête homme peut-il
voir dans autrui le vice qu'il
ignore ? Un matin, j'allai me pro-
mener avec les deux ſœurs dans
les campagnes voiſines; le tableau
du ſoleil levant, le chant de mille
oiſeaux, la molleſſe & la fraîcheur de l'air, & je ne ſais quelle
volupté répandue ſur toute la nature, diſpoſoient le cœur à s'attendrir. Je m'enfonçai dans l'é-
paiſſeur des bois avec Louiſe ;
ſa ſœur occupée à cueillir des
fraiſes, nous perdit ; elle nous
appella long-temps ; nous revîn-
mes enfin ; mais nous reparûmes
comme deux coupables, avec
la rougeur ſur le front, & j'avois

de plus le remord dans l'ame.
Louife que j'avois vue fi gaie,
fi folâtre, fi tendrement naïve,
ne fut plus la même. Un morne
filence enveloppoit fes penfées;
la triftefſe voiloit fon vifage ;
elle me fixoit fouvent d'un air
doux & pénétré, & baiſſoit ſes
humides regards dès qu'elle ren-
controit les miens. Quand je lui
parlois elle rougiſſoit ; quand je
m'éloignois elle pleuroit ; quand
je touchois ſa main elle trembloit
comme fi elle eût eu le friſſon ;
un jour elle me difoit : vous
m'avez rendue bien miférable !
vous êtes caufe que je n'ofe plus
lever les yeux. Une autre fois je
la trouvai aſſife à terre, au pied
d'une chaife, la tête cachée dans

ſes mains, & pouſſant des ſanglots ;
je la conjurai de ſe calmer ; je
lui repréſentai qu'il ne falloit pas
ajouter à notre malheur celui de
le faire connoître. Hélas ! dit-
elle, ſi vous pouviez m'apprendre
à l'oublier ! ces diſcours m'étoient
d'autant plus ſenſibles , que je
n'avois aucun moyen de me juſtifier. Toute l'horreur de mon
crime ſe préſentoit à moi ; je
croyois entendre ſon pere infortuné me dire avec des ruiſſeaux
de larmes : homme ingrat ! qu'as-
tu fait? je t'ai donné l'hoſpitalité ;
je t'ai reçu dans ma maiſon ; je
t'ai traité comme mon fils ; j'ai
laiſſé à ta diſcrétion le tréſor de
ma vie , la tendre image d'une
épouſe qui n'eſt plus , les ſeuls

fruits de mon hymen : je t'ai
confié deux innocentes créatures
qui n'avoient pas même apperçu
de loin l'ombre du vice. Tu as
dit dans ton ame : corrompons
ces cœurs simples qui se livrent
à moi foi : affligeons cet honnête
vieillard dans la plus chere partie
de lui-même, & qu'il pleure
éternellement ses bienfaits. A la
fin, fatigué de mes regrets, je
partis de cette maison où je laissois
après moi l'horreur, le désespoir,
la honte & le repentir. Arrivé à
Paris, je me jettai dans le tour-
billon ; je m'évitai moi-même ;
je cherchai des distractions : au
bout de quelques mois, je parvins,
sinon à perdre l'idée de Louise,
au moins à l'affoiblir, & je ne

vis plus que dans l'éloignement
ce fantôme qui m'obsédoit. L'hiver ramena dans la ville ma victime & sa famille ; un billet que
je reçus du pere toujours tranquille & confiant , m'avertit de
les aller revoir ; je me présentai
chez eux ; le vieillard étoit absent : Louise ne me reprocha
point la maniere dont je l'avois
quittée , les six mois que j'avois
passés sans donner chez elle un
signe de vie , & l'oubli où je
semblois l'avoir laissée : sa bouche
ne s'ouvrit que pour me rendre
des actions de grace de ma visite ,
& de l'intérêt que je témoignois
pour elle. Je la trouvai prodigieu-
sement changée ; son état de mai-
greur & de consomption me frap-

pa ; je lui demandai si elle avoit été malade : non, me dit-elle avec un sourire amer ; mais j'ai eu des peines : ce peu de mots me perça le cœur ; j'étois tenté de me jetter à ses pieds , si la présence de sa sœur ne m'eût retenu. Charmante fille ! ne pas même se permettre la moindre plainte ! toujours une égale tendresse & si peu de retour ! Elle vit mon émotion, & elle y fut sensible ; sa main que je tenois serra doucement la mienne , & elle soupira : le tribut d'estime que je lui payois étoit trop foible pour tant d'amour ; elle le sentoit & son ame en étoit déchirée. Je la vis s'éteindre par degrés. Affligé du spectacle de

fes maux, & tourmenté du re-
proche intérieur de les avoir
fait naître, je diminuai le nombre de mes vifites : infenfible-
ment je ne parus chez elle qu'a-
près de longs intervalles. Ce
procédé cruel ne changea rien
à fon humeur ; je la trouvai
toujours tendre, affeEtueufe &
prévenante : mais fon dépériffe-
ment s'accroiffoit à vue d'œil ;
elle paffoit par toutes les grada-
tions de la langueur, & voyoit
la mort s'approcher pas à pas.
Un jour qu'elle étoit feule, je
lui témoignai la vive inquiétude
où j'étois de fa fanté : je la con-
jurois de fe conferver pour fes
amis ; je mettois dans mon langage l'émotion dont j'étois plein,

& lui prenant la main avec une
affeƈtion que je lui avois peu marquée jufqu'alors , je la preffois
contre mes levres ; elle la retira
& me dit triftement : ah ! Monfieur ! vous me faites boire un
calice bien amer ! un tendre co-
loris fe répandit fur fes joues pâ-
les & éteintes ; elle leva fes mains
vers le ciel & d'une voix atten-
drie, mon Dieu, pourfuivit-elle,
donnez-moi la force de foutenir
mes réfolutions ! Alors elle me
fit affeoir à fon côté, & me priant
de ne pas l'interrompre, elle me
dit avec un ton de douceur & de
dignité que je ne puis vous rendre : il y a long-temps que je me
propofe de vous entretenir ; vingt
fois, les paroles font venues fur

ma bouche : une fauſſe honte, la crainte, ou je ne ſais quel autre ſentiment, m'a toujours retenue ; il faut enfin vous parler, & je conjure la ſuprême clémence de me protéger dans le cruel effort que je vais faire ſur moi-même. Vous vous êtes apperçu de l'impreſſion que fit ſur moi votre premier aſpect : elle n'étoit que trop viſible : j'avois toujours vécu dans l'intérieur de ma famille, & je connoiſſois trop peu le monde pour me défier d'un penchant qui ſembloit me promettre le bonheur : je m'y livrai ſans ſcrupule & avec toute l'ingénuité de mon âge. Quelques égards, quelques ſoins, des attentions particulieres que vous

paroiffiez m'accorder & que je
pris pour un retour de tendreffe,
acheverent de m'égarer. Qu'une
amante eft aifément trompée !
Je vous voyois flatter mes goûts,
me prévenir dans tous mes vœux,
chercher conftamment mes regards , vous placer auprès de moi
à la table, au jeu , dans les promenades , me parler avec un air
d'intérêt que vous n'aviez pour
perfonne , me reprendre de mes
fautes avec une douceur qui
m'enchantoit ; je me croyois aimée & vous ne fongiez point à
me défabufer ! Quand vous osâtes
defcendre dans mon cœur pour
en tirer le fecret de ma foibleffe,
je vous fis tous les aveux que
vous défiriez avec une fimplicité

qui m'étonne aujourd'hui ; & vous
ne me défabufiez point ! Enfin
l'heure de mon infortune arriva :
je ne m'arrêterai pas fur cette
fatale époque de ma vie ; vous
& moi, nous aurions trop à rougir, & je ne veux point vous reprocher une faute que j'ai par-
tagée ; mais comment juftifier
votre conduite depuis ce temps ?
Je fortois à peine de vos bras,
& mes yeux étoient encore baignés des larmes du repentir, quand
vous m'avez quittée ! Vous par-
tiez, peut-être pour toujours, &
je reftois feule avec la honte &
la douleur ! Vous n'avez point
vu mes pleurs ; vous n'avez pas
entendu mes cris ; vous étiez loin
de moi, diffipé par le plaifir, &

peut-être occupé de nouvelles
intrigues ; peut-être n'avez-vous
pas fongé une feule fois qu'au
moment où votre cœur nageoit
dans la joie, il étoit une famille
obfcure, mais honnête & vertueufe, qui vous devoit fon opprobre, & une fille malheureufe
que vous aviez rendue coupable.
Ces idées font affreufes, & je
crains de m'y livrer. Cependant,
fix mois s'écoulerent, & fans un
billet de mon pere que j'avoue
lui avoir fait écrire, je préfume
que nous ne vous aurions jamais
revu : vous revîntes ; mais vous
n'étiez plus le même : je vous
trouvois diftrait, taciturne, chargé d'ennuis ; vous pouviez voir
mes craintes ; je ne les cachois

pas , & vous m'y laiſſiez en proie avec la froideur d'un homme qui n'aime plus ou qui n'a jamais aimé. Avec quelle amertume je repaſſois ſur ces jours où je vous avois vu ſi empreſſé ! Quelle différence de vous à vous-même ! Vous me raviſſiez tout le charme de ma vie ! Celui que j'avois goûté dans la certitude de votre amour ne ſe retraçoit à mon eſprit que comme un ſonge agréable dont le réveil étoit horrible. Ma ſanté déja plus foible acheva de s'en altérer : je vis approcher mon dernier moment comme le terme de mes peines : alors je conçus le deſſein de rompre avec vous toute ſociété , & de m'abandonner ſans réſerve à cet être ſouverain

que

que j'avois trop long-temps oublié.
Mais, vains projets d'un cœur
trop tendre ! je vous voyois, &
chaque jour, mes réfolutions
s'affoiblissoient : une feule de vos
paroles me faifoit oublier toutes
vos injuftices, & me replongeoit
dans mes incertitudes. Il a fallu
pourtant me réfoudre : fi l'amour
eft pardonnable, c'eft quand on eft
payé de retour ; mais il eft inexcu-
fable de s'obftiner à aimer qui ne
nous aime point : d'ailleurs je n'ai
plus long-temps à vivre : je dois
bientôt aller rendre à mon Juge
un compte rigoureux ; je n'ai pas
trop pour m'y préparer du refte
d'une vie éteinte : il faut renoncer
à mes erreurs, & je vous ai prié
de m'écouter pour recevoir mon

éternel adieu : ce jour eſt le dernier où je vous verrai , & ces paroles les dernieres que vous entendrez de moi. Alors ſe levant
avec majeſté , elle me laiſſa con-
fus, humilié , courbant la tête &
accablé comme un criminel à qui
on vient de prononcer ſon arrêt.
Une révolution ſubite ſe fit dans
mon cœur : l'amour parut y entrer quand cette infortunée le
chaſſoit du ſien. Un mot, lui dis-
je en la ramenant ſur le ſiége
qu'elle avoit quitté : je me con-
damne ; je reconnois mes torts ;
tout ce que vous m'avez dit, je
me l'étois dit à moi-même , &
cent fois plus encore. J'avoue ,
en gémiſſant, que je ſuis coupable envers vous de la plus horri-

ble ingratitude : mais n'eſt-il point d'eſpérance de pardon ? ne puis-je obtenir la grace de reparer toutes mes injuſtices ? Dites, Mademoiſelle ! qu'ordonnez-vous d'un criminel repentant qui ſe jette à vos pieds & qui vous conjure de lui rendre le bien qu'il a perdu ? Et en diſant ces mots, j'embraſſois ſes genoux. Des réparations, dit-elle ! il n'eſt plus temps d'y penſer ; de quoi ſerviroient-elles à une fille mourante ? Des réparations, a-t-elle ajouté avec chaleur ! en eſt-il qui puiſſent tenir lieu de l'amour que je vous prodiguois, & me conſoler des maux que vous m'avez faits ? Croyez-vous, pouvez-vous croire que je conſente aujourd'hui à recevoir

un dédommagement de tant de
peines ? Non , Monſieur ! la pitié
ne peut payer l'amour , & je ſuis
trop fiere pour ne devoir qu'à la
reconnoiſſance , ou à quelque
ſentiment plus humiliant encore ,
le retour que vous m'offrez. J'in-
ſiſtai ; je la conjurai de m'accorder
le nom de ſon époux. Il fut un
temps , reprit - elle , où j'ambitionnois ce titre : mais vous
voyez mon état ; ces nœuds ſeroient rompus preſqu'auſſi - tôt
que formés : il faut y renoncer :
la ſeule grace que je vous demande , c'eſt d'épargner d'autres
victimes ! je vous en ſupplie par
votre ame qui m'eſt encore chere :
abandonnez ces honteuſes ſéductions qui ne laiſſent que des ſuites

douloureuses : ne corrompez jamais une ame simple & vertueuse : quelle gloire en peut-on recueillir ? c'est un triomphe si facile ! Croyez-moi ! les loix envoyent à l'échafaud des malfaiteurs moins coupables qu'un odieux suborneur qui porte la mort au cœur de l'innocence. Ici finit cet entretien dont toutes les paroles sont restées dans ma mémoire ; ce fut aussi le dernier jour où je la vis ; je me présentai plusieurs fois à sa porte, & ne fus jamais reçu : quelques mois après, on me dit qu'elle étoit morte. Le fantôme de cette fille infortunée ne me quittoit plus ; je portois dans le cœur un ver qui empoisonnoit tous mes plaisirs.

Je cherchai des fecours auprès
de nos fophiftes : ils difoient que
la moralité des actions n'eft fon-
dée que fur l'opinion ; que le bien
& le mal font de pures relations ;
que ce qui eft vertu chez un peuple, eft vice chez un autre ; que
la probité n'eft que l'utile mis en
pratique : ils ajoutoient que le
bonheur confifte à jouir de tout,
& la fageffe à bien ufer des jouiffances ; que la pudeur eft une
vertu de préjugé ; que dans une
infinité de pays la corruption des
mœurs eft autorifée par les loix
& même confacrée par la religion.... Je rougis de pourfuivre.
O ! qu'un efprit qui veut s'égarer
trouve de portes ouvertes à l'erreur ! Je recueillois tous les jours

une multitude d'affertions qui venoient à l'appui de cette affreufe
doctrine. Enfin je parvins à établir dans mon efprit, comme des
vérités primitives, le néant de
la vertu & la néceffité des paffions. Dès que j'eus bien fixé ma
croyance fur cette morale deftructive, je m'affranchis de mes
remords, & j'acquis dans le dé-
fordre une forte de calme à-peu-
près femblable à celui que l'o-
pium procure aux convulfions du
délire. Je ne me fouvins plus
alors que j'avois un pere infirme
à qui je devois mes fecours. Faffe
le ciel que je trouve dans ma
vieilleffe les foins & les confo-
lations que j'ai négligé de lui
donner ! Mais fi la juftice fouve-

raine me réferve le fort des fils
ingrats, je dois m'attendre à un
affreux abandon dans le déclin
de ma vie. Cependant je l'aimois
tendrement, & je fuis perfuadé
qu'il l'ignoroit ; car je n'ai jamais
fongé à lui en donner des preuves.
Combien de voluptés on fe dé-
robe en renonçant à la vertu !
Au milieu de mes vains plaifirs,
je n'étois pas heureux : je me
rappellois quelquefois les premieres leçons de mon enfance ;
en comparant mon état préfent
à celui dont j'avois joui, je re-
grettois mes principes ; je fentois
qu'il n'eft de bonheur conftant &
réel que dans un cœur en paix
avec lui-même. Ce combat des
paffions avec la raifon me jettoit

dans une pénible anxiété ; il fallut
en fortir ; la main du ciel me
frappa pour m'avertir de mon
néant ; des revers accumulés me
réveillerent comme d'un long
fommeil ; je reftai feul & fans
fecours ; forcé de traîner une miférable vie en bute à tous les
hafards , de m'accrocher comme
un reptile à tous les êtres dont
j'efpérois un appui. Une noire
mifantropie me dégoûta du monde ; je me fauvai dans la folitude
pour m'y nourrir de fiel & d'a-
mertume : la retraite où je vivois
ne me parut point affez profonde ;
je réfolus de traverfer les mers
& de chercher fous un nouveau
ciel des déferts inhabités où je
ne fuffe connu que de moi feul.

En arrivant à Nantes , j'essuyai
une maladie mortelle : dans une
ville où je n'avois aucunes liai-
sons, je trouvai des soins hospi-
taliers dignes des premiers âges
& des vertus qui me reconcilie-
rent avec l'humanité. Un Négo-
ciant m'offrit sa bourse ; il m'a-
vança généreusement tous les frais
de mon voyage, & vint au-devant
de mes besoins, sans que j'eusse
auprès de lui d'autre titre que
celui d'infortuné. Dès que je fus
rétabli, je m'embarquai pour l'A-
mérique, & j'allai descendre dans
une des Antilles : je m'étois attendu à trouver des déserts &
des sauvages ; je vis un peuple
doux, civil & bienfaisant, des
cœurs droits, des mœurs pures,

une terre féconde , enrichie par
les foins du cultivateur. Je ne
fais quelle impreffion me faifit
en arrivant dans ces belles contrées , image des campagnes tant
célébrées par la poéfie paftorale.
Je me fentois renaître ; mes paffions fe calmoient ; l'humeur mélancolique & fombre que j'avois
apportée d'Europe, étoit diffipée
par le baume & la douceur de
l'air, par le tableau riant d'un printemps éternel & d'une nouvelle
nature. Je vifitai plufieurs habi-
tations ; je fus accueilli par-tout
avec la même bonté : j'enviois
le fort de ces heureux Colons
vivans fans fafte au fein de leur
opulence. J'avois confervé quelques livres, & je partageois mes

heures entre la lecture & la promenade : je cultivois un coin de
terre qu'un généreux Créole m'a-
voit abandonné, ainsi que la cabane qui me servoit d'asyle : je
n'ai jamais coulé de jours plus
tranquilles. Libre des soins du
lendemain, je trouvois dans les
fruits de mon petit domaine de
quoi fournir abondamment à mes
besoins. Mon bienfaiteur ne me
laissoit manquer de rien; son at-
tentive prévoyance alloit même
au-devant de mes desirs: un es-
clave qu'il m'avoit donné me sou-
lageoit de mes travaux: sans les
souvenirs qui me tourmentoient,
j'aurois été le plus heureux des
hommes. J'étois content de finir
mes jours dans cette solitude, &

revenu des illufions du monde ,
je n'ambitionnois plus d'autre félicité. On va chercher la fortune
dans ces contrées ; j'y trouvois
le repos & un ami que la fortune
ne peut payer ; j'y jouiffois du
plus beau fpectacle que l'homme
puiffe contempler : la nature n'eft
nulle part auffi majeftueufe que
dans ces climats voifins du foleil
qui font embellis de tout fon
éclat. C'eft bien là qu'on voit fe
réalifer les fables de l'âge d'or
& de l'antique Theffalie. J'avois
toujours vécu dans une forte d'a-
pathie fur toutes les idées religieufes , & il m'étoit rarement
arrivé d'élever mes regards vers
l'Être fuprême. Je me bornois à
recueillir quelques lambeaux du

fyftême de nos Sceptiques mo-
dernes, d'après lefquels je me
figurois la Divinité comme un
être paffif, indifférent fur les fcènes de ce monde, fans bonté,
fans malice, & l'univers comme
une végétation animée, éternelle,
exiftant par fon mouvement, &
fe confervant par une fucceffion
infinie d'altération, de change-
ment & de reproduction. Un jour
que je traverfois les hautes montagnes de l'ifle, je m'arrêtai
comme en extafe, au moment
où le foleil venoit de fe lever &
jettoit fur toute la nature un
voile éclatant de lumiere. Une
longue chaîne de rochers rangée
autour de moi, recevoit & ren-
voyoit fes rayons à travers l'efpace.

qui paroiſſoit comme ſillonné de mille couleurs brillantes : d'im-menſes forêts élevées en amphi-téatre formoient une draperie de verdure depuis la voûte du ciel juſqu'au fond des abîmes, & des fleuves roulans par caſcades al-loient s'enſeveïir ſous un ombrage éternel : la mer, à l'extrémité de l'horiſon, terminoit ce tableau magnifique. Saiſi d'enchantement & de ſurpriſe, je me proſternai ſur la terre, & j'adorai, pour la premiere fois peut-être, avec un reſpect religieux, le ſouverain Créateur de ces merveilles : alors apoſtrophant les bois, les fleuves, les rochers & les mers, je leur criois : ſi vous vous êtes faits vous-mêmes, animez-vous, &

parlez ! O ! quelle vaſte idée nous donne de ſon auteur cette profuſion de richeſſes ! Comment ſuppoſe-t-on que les élémens aient pu ſe combiner de maniere à produire d'eux-mêmes l'ordre étonnnant, le concours & l'harmonie de toutes les parties de cet univers ? Inſenſés raiſonneurs qui n'oſeroient attribuer aux chances du haſard, aux combinaiſons d'une matiere inanimée, le moindre ouvrage ſorti de la main des hommes, & qui oſent prêter à ces abſurdes agens les phénomenes de la création ! Je rentrai chez moi frappé de ce que j'avois vu, & dès ce moment je me livrai à des études réfléchies ſur ces objets ſublimes que je n'avois qu'effleu-

rés dans le tumulte & la diffipa-
tion du monde. Je reconnus alors
la vérité de ce que dit Bacon,
qu'un peu de philofophie fait des
athées, mais que beaucoup de
philofophie les ramene à la religion : convaincu que nul effet ne
peut exifter fans caufe , & re-
montant d'origine en origine jufqu'au fuprême Auteur, je trouvai
la divinité que je cherchois. Je
me difois : les incrédules , en
fuppofant l'éternité de la matiere,
ne font que fubftituer à un principe que j'adore fans le compren-
dre, un autre principe inexplicable : ils affligent mon cœur fans
contenter ma raifon : ils n'offrent
qu'une hypothefe inintelligible &
défolante , en fappant les fonde-

mens d'une croyance qui faifoit mon bonheur : ils appellent des noms vagues de nature, de hafard, de néceffité, cette caufe fouveraine que j'appelle Dieu. Du moins font-ils forcés de reconnoître une caufe primitive, & peut-être ne difputent-t-ils que fur les termes. Oui, je fuis perfuadé qu'il n'eft aucun athée de bonne foi, & que tout homme, dont la bouche affirme qu'il n'y a point de Dieu, ment contre fa confcience.

Il y avoit quelque temps que je goûtois dans la retraite les charmes de la méditation, quand je fus diftrait par de nouveaux troubles. Mon bienfaiteur étoit refté veuf avec une fille de treize

ans qu'il élevoit fous fes yeux &
qui faifoit la confolation de fa
vieilleffe. Sufanne promettoit d'ê-
tre belle & avoit déja des graces :
fon ame étoit fimple & naïve :
avant qu'elle eût parlé , on favoit
ce qu'elle penfoit. L'aimable enfant s'étoit attachée à moi & venoit fouvent me chercher dans
ma cabane , fuivie d'une efclave
qui l'avoit nourrie. Nous nous
promenions fur lé bord de la
mer, dans des bois de palmiers
qui couvroient le rivage. Là,
tantôt j'amenois nos entretiens
fur les beautés de la nature ; tantôt j'effayois d'imprimer dans fon
ame tendre les premiers principes de la morale , & j'avois le
plaifir de voir par degrés fe dé-

velopper fa raifon naiffante. Quelquefois nous faifions des lectures
utiles ; je lui donnois des leçons
de deffin, & j'éprouvois une joie
fecrette à payer ainfi à fon généreux pere un tribut de reconnoiffance. Je n'avois pas encore ré-
fléchi fur ma fituation, & je re-
cevois fans m'alarmer les innocentes careffes de ma pupille ;
fes bras me preffoient avec tendreffe ; elle aimoit à me fourire ;
elle me quittoit rarement, & toujours avec peine. Un jour qu'en
folâtrant avec elle je la tenois
contre mon cœur, une émotion
violente s'y fit fentir ; ce trait de
lumiere commençant à m'éclairer, je me promis bien de veiller
fur moi-même & d'éviter des

jeux fi redoutables : mais l'habitude de nous voir rendoit ce projet difficile : je repris bientôt un
genre de vie auquel je trouvois
mille douceurs. Sufanne croiffoit
& s'embelliffoit tous les jours ;
fon efprit s'étoit formé ; aux graces naïves de fon enfance avoit
fuccédé l'ingénuité décente &
timide d'un âge plus réfervé ; fes
yeux fe baiffoient devant moi ;
je furprenois quelquefois fes regards doux & modeftes , & je ne
les rencontrois jamais fans trouble : une fois , je la voyois def-
finer , & j'ofai porter mes levres
fur fa main ; elle me fixa tendrement & rougit : un feu féditieux
me pénétra ; les idées les plus
coupables alloient m'entraîner ;

je me fentois perdu : je me levai
brufquement ; je fortis & je cou-
rus dans ma cabane : là, me frap-
pant la poitrine, & verfant un
ruiffeau de larmes ; homme dé-
naturé, me difois - je, va donc
facrifier encore cette enfant ; va
défoler ton bienfaiteur ; ajoute
ce crime à tous les autres. Non,
pourfuivois - je en fanglottant,
non je ne fuis pas digne de voir
la lumiere, & de vivre avec des
hommes ! Je paffai tout ce jour,
renfermé, pleurant & rejettant
toute nourriture : mon ami me
vint voir ; il ne concevoit rien
à mon état : je me jettai à fes
pieds & je lui fis l'aveu de mon
horrible penfée ; il me releva
gaiment, me ferra dans fes bras

& me dit ; ceſſez de vous affliger,
& reprenez l'aſſurance des belles
ames. Perſonne n'eſt à l'abri des
ſéductions ; mais il n'eſt donné
qu'à la vertu d'en triompher , &
la vôtre a ſubi noblement cette
épreuve. Au reſte , ajouta-t-il en
ſouriant , c'eſt pour vous-même
qu'il faut ſurveiller le tréſor que
je vous confie. Je n'ai point ici
d'amis qui me ſoient plus chers
que vous , & mon deſſein eſt de
vous unir à ma famille par des
nœuds plus étroits : voilà le plan
que je m'étois fait & dans lequel
la connoiſſance de vôtre caractere me confirme tous le jours.
Je retombai à ſes genoux , & je
murmurai quelques mots de re-
mercîment : il me ramena auprès

de fa fille & lui recommanda de
me chérir déformais comme un
homme qui devoit être fon époux.
Le front de Sufanne fe couvrit
d'une aimable rougeur & je vis
que je ne lui étois pas indifférent.
Nous paffions des jours tranquilles dans l'attente du bonheur ,
quand la mort m'enleva mes efpérances. Sufanne mourut d'une
fièvre maligne , & j'eus la douleur de perdre en même-temps
fon vénérable pere. Je leur rendis les derniers devoirs avec une
amertume que je n'avois jamais
éprouvée. Je voyois s'évanouir
les idées de félicité que je m'é-
tois formées pour l'avenir ; je
perdois à la fois une époufe, un
bienfaiteur, un ami, le charme

&

& la confolation de mà vie :
tout étoit difparu : je me trouvois feul, dans un lieu fauvage ,
errant parmi des cercueils & fur
les froides cendres de ceux que
j'avois aimés. Je n'habitois plus
qu'à regret cette île qui m'avoit
paru fi belle ; je ne pouvois me
fupporter dans mon défert ; chaque pas m'y rappelloit des plaifirs paffés & des pertes préfentes ;
chaque objet nourriffoit en moi
des fouvenirs déchirans : une affreufe mélancolie retomboit fur
mon cœur ; mes anciens remords
fufpendus long-temps par la douceur d'une fociété paifible fe ré-
veilloient avec une force terrible ; tous les jours j'allois pleurer
fur le tombeau de mes amis , &

quand je rentrois chez moi, je
me regardois avec horreur dans
ce funefte abandon. Je pris le
parti de quitter l'Amérique ; je
vendis les poffeffions que mon
bienfaiteur m'avoit laiffées, &
après avoir dit un éternel adieu à
cette folitude où j'avois coulé
de fi beaux jours, je revins en
Europe.

LETTRE L.

THÉRESE à FALDONI.

QUEL récit vous m'avez fait !
je ne cesse d'y penser ! Falloit-il
revenir sur d'anciennes erreurs,
& préfenter à votre amie des tableaux affligeans ? Cependant,
j'aime votre franchife, & dans
vos fautes même, je reconnois ce
caractere qui ne vous a jamais
quitté. Je plains cette pauvre
Louife d'avoir aimé ; je la plains,
fur-tout, de n'avoir pas été payée
de retour : elle méritoit fi bien
de l'être ! Il est affreux pour vous,
d'avoir caufé fon malheur : mais
vos remords ont affez expié cette

imprudence. N'en parlons plus,
mon ami! le temps a passé sur
les égaremens de votre jeunesse,
& votre raison s'est murie par
l'expérience de ses écarts. Je ferois peu de cas d'un homme qui
n'auroit jamais commis de fautes.
Rappellez-vous ce que je disois,
il y a quelques jours, quand vous
lisiez devant ma cousine & moi,
le roman de Grandisson : ce per-
sonnage m'a toujours paru peu
intéressant, par ce qu'il est trop
parfait : un être aussi supérieur à
l'humanité ne peut être aimé que
des anges ; il me feroit continuel-
lement rougir de l'excès de son
mérite, & mon amour - propre
avec lui ne seroit jamais satisfait.
Ce n'est pas que j'ose excuser

votre conduite & juſtifier dès at-
tentats contre l'innocence. Vous
avez ſenti vous-même toute l'horreur de ce crime & vous avez
prévenu mes reproches. Vous
convenez que le ſouvenir de cette
aimable fille a fait le ſupplice de
votre vie. O Faldoni ! comment
un ſéducteur ne ſonge-t-il pas aux
regrets qui l'attendent ? En vérité,
je plains bien vos gens à la mode,
de ſe tant tourmenter pour ſe
préparer un repentir ! combien
les femmes ſont malheureuſes !
il ſemble que les uſages politi-
ques ſe ſoient attachés à détruire,
dans cette moitié du genre humain, le germe de tout ce qu'il
y a de noble & de grand , pour
en faire le jouet & l'amuſement

des hommes, & pour les immo-
ler au premier corrupteur qui s'en
empare! Elles font douées pourtant d'un goût délicat, d'un fentiment exquis ; je dirai même
qu'elles vont plus loin que vous
quand leur ame eft exaltée par la
vertu : l'amour qui chez elles eft
fi vif & fi tendre leur prête une
énergie que vous avez rarement
dans cette paffion : non, vous ne
favez pas aimer comme nous :
vous ne penfez qu'à dérober une
volupté fugitive, & l'amour vous
échappe. Mais nous hélas ! tout
entieres à l'objet de notre penchant, nous ne voyons, nous
n'entendons que lui : honneur,
fortune, félicité, grandeur, nous
ne voulons rien que pour le lui

donner. Fieres de nos foiblesses
même, quand notre gloire est
perdue, nous jouissons de nos
sacrifices, en songeant qu'il en
est l'objet. Eh! n'est-ce point par
lui que nous vivons, que nous
pensons, que nous sommes tristes
ou gaies, fortunées ou misérables? Connoissons-nous un intérêt plus fort que le sien? Cher-
chez parmi vous ces déchiremens
d'un cœur trahi, ces tortures qui
consument une amante, & qui la
traînent lentement au tombeau!
Vous autres hommes, vous êtes
distraits & dissipés par le tumulte;
mille objets peuvent vous écarter
de celui qui vous occupe ; mais
nous, dans la solitude où notre
éducation nous enchaîne, nous

fommes toujours avec nos penfées, toujours près de cette image
adorée , toujours livrées à des
fouvenirs qui la nourriffent ! Nous
avons à combattre , & vos féduc-
tions, & nos defirs plus puiffans
encore, & la fenfibilité de nos
organes , & la foibleffe de nos
cœurs, & la crédulité de nos
efprits ! & c'eft contre des êtres
fi fragiles, que vous vous armez
de toutes les forces de la nature
& de l'art ! Pourquoi l'homme
qui fait les loix ne rend-il pas fa
compagne digne de tous fes hom-
mages , en lui donnant le dégré
de perfection dont elle eft fufceptible ? Craindroit - il de perdre
l'empire , s'il déployoit les talens
& les vertus des femmes, ou bien

auroit-il choifi pour elles l'éducation la plus favorable à fes principes de corruption ! Sans doute
il faut le croire ; autrement leur
laifferoit-il fi peu de moyens de
défenfe, quand lui-même fe produit avec tant d'avantages ? Diri-
geroit-il leurs premieres vues vers
des objets de luxe & de frivolité,
au lieu de former leur cœur &
d'éclairer leur efprit ? Si elles
ont peu de caractere & de fuite
dans les idées, ne devroit-il pas
réunir contre ce vice. effentiel
tous les efforts de l'inftitution ?
Alors ils les eût prémunies contre les dangers de la féduction ;
il leur eût préparé des jouiffances
pour l'avenir : une femme feroit
dans tous les âges les délices de

D 5

la société ; l'amour fondé sur l'estime ne seroit plus l'amusement d'un cœur oisif, & on verroit éclore entre les deux sexes, une rivalité de force & de grandeur qui tourneroit à leur profit mutuel.

Cette pauvre Louise se présente encore sous ma plume. Combien elle a dû souffrir ! aimer sans retour après avoir tout immolé à celui qu'on aime ! ah dieu !..... ce n'est point sa mort que je pleure ; ce sont ses maux ; c'est l'idée qui devoit la tuer de n'avoir fait qu'un ingrat ! La mort ! Eh ! peut-on la comparer à ces mouvemens du désespoir, à ces convulsions de la rage qui nous font maudire l'existence ? Quelle

folie à nous, d'écouter une paffion rarement heureufe, & pref-
que toujours fuivie d'inépuifables
regrets!.... Pardon, je ne finis
pas ; je devrois vous égayer, &
je fuis rejettée malgré moi dans
mes réflexions. Vous êtes caufe
que j'ai paffé la nuit la plus
cruelle , agitée de toutes vos
fcenes, vous fuivant par-tout,
vous accufant d'avoir laiffé mourir..... allez ! ne m'en parlez plus!
j'ai de l'humeur contre vous; &
je ferois tentée de vous haïr tout
de bon.

Je ne fais fi je dois attribuer à
cette lecture la fituation de mon
ame : je fuis aujourd'hui d'une
trifteffe accablante : tout m'afflige
& me déplait. Je voudrois, pour

D 6

beaucoup, que cette femaine fût écoulée; j'imagine les chofes les plus funeftes; je ne vois que fantômes autour de moi. O mon ami! venez me confoler! venez diffiper toutes ces illufions d'un cœur trop fenfible : ce n'eft qu'auprès de vous que je puis être heureufe.

Je vous attends demain; il faudroit arriver de bonne heure, pour prévenir la chaleur & nous donner plus de temps. Apportez vos romances : nous chanterons celle que vous aimez, celle qui fut l'occafion de vos premiers aveux, & qui depuis, m'a fait verfer tant de larmes. Dans la matinée, nous irons vifiter le bois de la Saulaye que ma coufine n'a

pas encore vu ; vous nous don-
nerez le bras ; on déjeûnera avec
des œufs frais dans la ferme que
vous connoiſſez ; nos mamans
nous prendront en voiture, & nous
retournerons enſemble. Dieu
veuille qu'il ne ſurvienne pas
d'obſtacles à tous ces beaux projets ! car je m'accoutume à ne
plus compter ſur rien.

LETTRE LI.

FALDONI au CURÉ.

O Monfieur ! quel affreux événement ! Madame de Saint-Cyran fe meurt. Elle eut hier un accès de fievre qui l'empêcha d'exécuter une partie projettée : nous reftâmes auprés d'elle : le foir, il lui furvint une toux pénible, une ardeur d'entrailles ; elle avoît le friffon, le tremblement, tous les fimptômes d'une pleuréfie : la nuit a été terrible ; on défefpere de fa vie ; elle eft, à tout moment, fur le point d'être fuffoquée. On court ; on fe précipite ; les domeftiques font fur les

chemins ; les médecins fe fucce-
dent ; une partie du village eft
dans la cour du château ; la
frayeur & la défolation fe pei-
gnent fur tous les vifages. Thérefe immobile eft à genoux auprès du lit de fa mere , & ne fait
que pleurer. Madame d'Armiane
& fa fille font au milieu des
femmes , donnent les ordres ,
veillent la malade & femblent
fe multiplier dans tous les lieux.
Au milieu de ces mouvemens ,
il regne dans l'étendue de la maifon un filence morne & lugubre ;
on n'entend que des fanglots
étouffés. On a fait revenir de fon
couvent la jeune de Saint-Cyran ,
pour recevoir la bénédiction de
fa mere ; cette pauvre enfant

nous a fait fondre en larmes.
Tant de fenfibilité dans un âge
fi tendre ! mais c'eft la digne fœur
de Thérefe ! il faut les voir toutes
deux autour de leur mere expi-
rante : ce tableau déchire le cœur.
On a écrit à M. de Saint-Cyran
& à fon fils : le Chevalier qui eft
plus près a déja reçu l'avis &
ne peut tarder d'arriver. Venez ,
Monfieur ! hâtez - vous de recueillir les derniers foupirs d'une
mere qui vous appelle à tous les
inftans : mais hélas ! je crains bien
que vous n'arriviez trop tard.

LETTRE LII.

THÉRESE au CURÉ.

Tout eft fini pour moi ! ma mere, mon amie, ma bienfaitrice n'eft plus ! & je refpire encore ! & je ne defcens pas avec elle dans le tombeau ! Malheureufe ! j'ai tout perdu ! je ne fais comment j'exifte ! un horrible avenir s'ouvre devant moi ; le poids de la douleur m'écrafe ; je me fens mourir à tous les inftans. J'ai voulu vous écrire ; mes pleurs m'aveuglent; mes fanglots me fuffoquent ; je n'ai pas la force de tracer deux lignes.... O mon Dieu qui me l'ayez ravie ! pour-

quoi nous féparer ? que ne mou-
rions nous enfemble ? Je la vois
encore ranimant fes efforts pour
me conjurer de vivre , priant le
ciel de me rendre heureufe. . . .
O ma mere ! moi ! que je fois
heureufe quand tu n'es plus ! Que
ta fille puiffe avoir un inftant de
bonheur fans toi ! Non , non, je
n'y dois plus compter ; il faut
traîner le refte de ma vie dans
les larmes , & je prévois qu'elle
ne fera point longue. Oh ! quand
viendra le temps où j'irai me réunir à tes cendres vénérables , repofer mon cœur auprès du tien,
& trouver dans ton fein la paix
que les hommes me refufent! Ta
vertu étoit ma fauve - garde ; je
me craignois moins quand tu m'a-

vois parlé ; la douce perfuafion
couloit de tes levres ; j'allois te
confier mes peines & j'étois con-
folée. O mere adorée & digne
de l'être ! fi j'ai joui de quelque
plaifir , c'eft à toi que je l'ai dû !
Combien de fois tu portas dans
mon ame l'efpérance du bonheur ! Ta préfence me rendoit la
joie ; ton regard m'avertiffoit de
mes devoirs. Je me rappelle encore les douces idées de mon
enfance & des beaux jours que
je paffois avec toi. Quels foins
tu prenois de me former ! quel
charme tu répandois fur tes leçons ! avec quelle force ta moindre parole s'imprimoit dans mon
cœur !.... Ah ! j'étois trop heureufe , & tant de félicité n'appar-

tient pas à ce monde où nous
fommes. Je vois maintenant le
dernier terme , comme l'objet de
mes vœux. Hélas ! qui refteroit
pour me confoler ? vous le favez,
Monfieur ; vous favez fi elle me
chériffoit ! vous étiez le confident
de fes penfées : vous avez vu
comme elle voloit au-devant de
mes defirs , comme une feule de
mes larmes brifoit fon ame ma-
ternelle, comme elle me couvroit
de tous fes regards ! Que de pleurs
quand nous nous féparions ! quelle
joie quand nous étions réunies !
quelle tendre inquiétude fur mes
moindres peines ! On eût dit que
tout lui manquoit dès qu'elle ne
voyoit plus fa fille. Non, je ne
l'ai point affez aimée ; j'étois trop

occupée de ma folle paſſion , &
maintenant je pleure ſur une
froide pouſſiere qui ne peut plus
m'entendre ; je lui adreſſe mes
plaintes ; je l'appelle ; je la cherche & je ne la vois plus ! ce lit,
cet appartement, ces meubles ,
ces lieux où je l'ai vue, ces vêtemens qu'elle portoit, tout m'ir-
rite & me déſeſpere. Je ne la
trouve nulle part , & tout me la
repréſente ! Je n'ai d'autre douceur que de verſer mes larmes
dans le ſein de ma couſine : cette
conſolation me ſera bientôt ravie ;
elle & ſa mere n'attendent pour
partir que le retour de mon pere
qui doit être ici dans peu de jours.
Votre ami ne paroît plus ; je l'ai
prié d'interrompre ſes viſites , &

il en fent la néceffité : d'ailleurs,
quelle efpérance déformais de
nous unir ? il n'y faut plus penfer !
Ah malheur ! malheur à moi,
d'avoir nourri cette illufion !
Comment pouvois-je croire à la
félicité ? c'eft un vain nom ; elle
n'exifte que dans le cercueil ! O
tendre & généreufe mere ! élevée
maintenant au-deffus de nos triftes joies & de nos peines cruelles, fi tu daignes jetter les yeux
fur les miferes de l'humanité, fi
tu conferves pour ta fille quelque étincelle de cet amour qui
brûloit dans ton fein ! veille fur
elle du haut des cieux ! fois encore fon guide & fon appui ! ô
ma mere ! ne permets pas qu'elle
s'écarte des loix de l'auftere hon-

neur & des vertus dont tu lui donnois l'exemple ! attire à toi cette infortunée qui ne fera plus que languir, jufqu'au moment où elle ira dans tes bras fe délaffer de fes fouffrances ! Voilà, Monfieur, ce que je lui crie fur fa tombe où je paffe des jours entiers, baignée de larmes, défefpérant de la revoir, & ne pouvant m'arracher à cette pierre infenfible qui nous fépare,

LETTRE LIII.

Le CURÉ à THÉRÈSE.

QUE m'apprenez-vous, ô ciel!
une mort si subite, si imprévue!
Mais cette digne mere de famille
étoit depuis long-temps résignée
à sa derniere heure : elle n'avoit
pas attendu les approches de ce
fatal instant, pour disposer son ame
à paroître devant Dieu : elle lui
a porté des jours purs & remplis
par la vertu : elle jouit d'une paix
céleste, & elle nous laisse en
proie aux orages de la vie! Ah!
quels tristes momens sont préparés
pour ma vieillesse! quels chagrins
vont se mêler aux infirmités qui

me

me menacent ! j'étois malade
quand j'ai reçu votre lettre ; mes
douleurs s'en font accrues ; je
fuis maintenant dans le lit, affligé
de vos maux & des miens. Que
l'humanité eft miférable! Il faut
traîner une pénible exiftence à
travers une foule de tourmens,
& tant d'efforts pour vivre n'a-
boutiffent qu'à la mort ! Je ferois
déja près de vous, fi j'étois en
état de faire la route ; je fouffre
exceffivement de vous abandonner à vous-même, dans ce moment de douleur & d'effroi. Au
nom du ciel ! ne vous laiffez pas
dompter par le défefpoir ! élevez-
vous, ma chere fille, jufqu'à l'Être
immortel qui frappe & qui confole. Eh ! qui fommes-nous, vils

atômes, enfans de la poussicre, pour ôser murmurer des châti- mens qu'il nous envoye ? Qui de nous est assez parfait pour n'avoir point mérité la rigueur céleste ? Humilions-nous sous ses fléaux ; rendons-lui grace de ne les avoir point réservés pour un autre mon- de, & d'épuiser sur cette vie pas- sagere la coupe de sa justice ! La félicité n'appartient pas à l'homme, tant qu'il est condamné à ramper dans cette vallée de larmes : souffrir, vieillir, & mou- rir, voilà sa destinée. Elle pour- roit être plus douce, & le dis- pensateur souverain qui a donné le souffle à ces portions de la matiere, qui les a tirées de leur antique repos pour leur imprimer

le mouvement, pouvoit dans le
court espace de leur durée, se-
mer de quelques fleurs la route
qui les mene au tombeau : mais
qui sait si le moment que nous
appellons la vie, n'est pas pour
nous un temps d'épreuve qui doit
nous conduire au bonheur? Dans
l'idée de la clémence infinie, on
peut, sans présomption, espérer
un meilleur monde & de plus
beaux jours. Oh! quand serai-je
délivré des entraves qui m'arrê-
tent! Quand pourrai-je dire au
Dieu que j'adore! j'ai fourni la
tâche de travaux que tu m'avois
imposée; cette terre dont je suis
sorti a plus d'une fois été trempée
de mes sueurs & de mes larmes;
j'ai soutenu tous les combats

impofés à la vertu , & maintenant
je viens te demander ma récompenfe : je viens t'offrir , avec les
foibleffes attachées à l'humanité ,
quelques bonnes œuvres qui les
réparent. J'étois homme , fujet à
l'erreur , en bute aux paffions ;
mais j'ai fait le bien quand je l'ai
pu , & je m'affure en ta bonté.
Séchez vos pleurs , ma chere
Thérefe ! cette tendre mere offre
pour vous fes vœux à l'Éternel ;
fes regards font encore attachés
fur fon enfant ; elle ne fouffrira
pas que le malheur vous accable :
c'eft maintenant qu'elle va puifer
à la fource immortelle de toute
vertu les fecours dont vous avez
befoin. Pourquoi gémir ? pourquoi pleurer ? O ma chere fille !

nos regrets feront-ils qu'un être éphémere prolonge ſa durée au-delà d'un jour ? Eh qu'eſt-ce que le monde ? un lieu de paſſage où les voyageurs ſe ſuccedent avec une vîteſſe effrayante. C'eſt un amas de débris qui s'accumulent depuis la naiſſance des âges. Il faut que tous les nœuds ſe rompent, que toutes les amitiés ſe détruiſent ; il 'faut s'arracher à toutes ſes affeCtions pour aller s'engloutir dans cet abîme inconnu d'où rien ne ſort ! Mais vôtre mere ne vous a point laiſſée pour jamais : vous la reverrez un jour ; elle vous a devancée ; elle vous attend ; encore quelques années, & vous ne vous quitterez plus. N'avez - vous jamais appris à supporter l'absence ? à l'heure solemnelle qui vous rappellera dans son sein , qu'il vous sera doux d'être réunies ! Oui , je l'espere ; un temps viendra que nous serons tous ensemble , & que la sainte amitié nous rapprochera. Heureux séjour où l'intérêt , l'ambition, la haine , les petites passions de l'humanité n'auront point d'accès , où les sentimens épurés feront des vertus , où rien que de noble & de divin n'entrera dans nos ames!.... Hélas ! je veux vous encourager & mes larmes coulent , & l'image de cette femme céleste vient accabler ma pensée ! O perte irréparable ! ô amie dont rien ne me consolera ! je ne tarderai pas à te

fuivre. Déja mon corps fent les
approches de fa ruine ; le poids
des années m'afflige ; la mélancolie empoifonne les jours de ma
vieilleffe ; un nuage s'eft abbaiffé
entre le monde & moi ; la joie
m'échappe ; l'efpoir m'abandonne,
& je n'ai plus à defirer que l'afyle
du tombeau.

LETTRE LIV.

FALDONI à THÉRESE.

VOULEZ-vous gémir éternellement, & n'eſt-il pas un terme
aux regrets, quand les maux font
fans remede ? Ah ! cruelle amie !
j'ai vu le temps où j'avois quelques droits fur vos jours ; vous
me promettiez de n'exiſter que
pour moi ; vous chériſſiez la vie
pour me la confacrer toute entiere : ce temps n'eſt plus ; je le
fais ; je n'en fuis que trop convaincu : mais l'amitié (fi ce n'eſt
pas l'amour) ne fuffit-elle pas
pour vous retenir au monde ? On
dit que vous êtes noyée dans vos

larmes, que la douleur abforbe
en vous tous les autres fentimens,
que vous avez formé le projet de
fuivre au tombeau ma bienfaitrice ! Ah ! Thérefe ! ne voulez-
vous pas que nous la pleurions
enfemble ? refufez-vous de m'affocier à vos douleurs, ou fi vous
fongez à mourir, ne me jugez-
vous pas digne de vous fuivre ?
Si les tendres fupplications de
l'amour peuvent pénétrer jufqu'à
votre cœur, je vous conjure
de les écouter ! Nos malheurs
font communs ; il faut nous aider
à les fupporter. Que l'image de
cette vertueufe mere foit toujours
préfente à nos regards pour nous
animer ! Refpectons fa volonté
derniere ; vous favez qu'elle fut

E 5

de nous unir. Que ne vit-elle encore, cette femme adorée qui ne refpiroit que pour faire le bien ! Je n'aurois pas à redouter les maux de l'avenir ; les jours de ma félicité s'écouleroient encore fous fes yeux : beaux jours dont je n'ai pas affez connu le prix ! doux & rapides momens qui ne reviendront plus ! bientôt la voix paternelle va fe faire entendre ; vous aurez à combattre une autorité qu'il eft difficile de vaincre ; vous êtes fenfible & généreufe ; les prieres d'un pere, fes larmes, fes inftances vous forceront de céder, & je tomberai du comble de mes efpérances dans un abîme de mifere. O dieu ! me faudra-t-il renoncer à votre

cœur, vous que j'aime ! vous que
je ne cesserai d'aimer qu'en ces-
sant de vivre ! ô mon amie ! me
l'ôterez-vous, ce trésor que je
possede ? Tout redouble mes craintes ! déja vous me défendez de
vous revoir ; ce n'est qu'en tremblant que je vous écris ; nos amis
se dispersent ; l'une est allée habiter le séjour des justes ; l'autre
est au moment de la suivre ; ce
vénérable Pasteur languit sous le
poids des infirmités ; son ame
céleste est souffrante dans un
corps malade ; nous le perdrons
peut-être. Hélas ! il n'est pas fait
pour ce monde. Les méchans,
les persécuteurs vivent & s'éter-
nisent : c'est en vain qu'on attend
leur mort pour respirer ; ils vi-

E 6

vent ; ils tiennent à la terre par
de fortes racines ; leurs ames d'airain ne font altérées ni par les
peines d'autrui qu'elles ignorent,
ni par leurs propres maux qui les
éprouvent impaffibles. Auffi les
années roulent fur leurs têtes , &
le foleil les voit fournir en paix
la révolution d'un fiecle. Mais
l'homme fenfible eft l'efclave des
élémens, des climats, des faifons,
de la nature entiere ; tout l'affecte
& l'ébranle ; les larmes de l'étranger font couler les fiennes ; dans
fa paffion mélancolique , il va
partageant toutes les douleurs ;
il s'épuife de bonne heure &
tombe au milieu de fa courfe.
Depuis que je ne vous vois plus,
je ne fais ce que je deviens : je

parcours les bois & le rochers ;
je cherche tous les endroits où
je vous ai vue ; je repaffe fur ces
promenades charmantes que nous
faifions tous les jours ; je ne vois
qu'un défert immenfe : le déclin
de l'automne ajoute à la noirceur
de mes penfées ; ces feuilles qui
tombent de toutes parts, cette
campagne flétrie, ces images de
deuil & de défolation me rem-
pliffent de terreur ; je foupire
de me trouver feul au milieu des
ravages du temps : cette puiffance
deftructive répandue dans l'univers me fait fonger au moment
où vous & moi ne ferons plus.
Hier, le foleil couchant jettoit
un doux éclat fur la prairie ; je
voyois cette belle vallée & les

bords du fleuve où je vous avois accompagnée tant de fois ; vous n'y étiez plus ; je m'ennuyois & je n'ai pu m'y fixer un quart-d'heure. En entrant dans le verger , je me fouvenois d'y avoir cueilli des fruits avec vous ; j'ai regardé ce noyer d'où je faifois tomber à vos pieds une pluie de noix : vous ne fauriez croire l'impreffion de triftefse qui m'a faifi. Je ne peux plus fupporter les lieux où vous n'êtes pas. Souffrez que je vous voye ! vos parens font-ils des tigres , & ne peut-on approcher de leur demeure ? O ma chere Thérefe ! que votre abfence eft terrible ! depuis vingt jours , je ne vis que pour éprouver tous les tourmens. Plus de repos ; fi je m'endors un inftant, mon réveil fait mon fupplice ; je n'ai plus l'efpérance de vous revoir le refte du jour. La feule crainte de ne vous revoir jamais me fait defirer la mort : je l'appelle à mon fecours ; je l'appelle en vain : mais combien ma fituation devient plus horrible quand je me repréfente ce que vous devez fouffrir ! Je me dis quelquefois ; fi elle ne m'avoit point aimé , elle feroit heureufe : un autre plus fortuné eût mérité fa foi : mais , chere Thérefe ! t'auroit-il aimée comme moi ? Ah ! mon ange ! mon aimable amie ! gardez-vous de le croire ! gardez-vous fur-tout de vous reprocher mes peines ! elles font mon bon-

heur ; je jouis de més larmes ;
votre souvenir me confole ; l'efpoir de vous intéreffer , mêle à
l'horreur de mon fupplice un
charme raviffant : que me fait le
fort & fa rigueur , quand j'ai l'eftime de mon amie ?

LETTRE LV.

THÉRESE à FALDONI.

ON vous a donc parlé de mon état ! je voulois vous le cacher ; c'eft fur-tout dans cette vue que je vous éloignois ; je voulois me navrer feule & à plaifir de ma douleur : cet avenir redoutable qui ne m'offre plus que des privations, des abfences, des perfécutions, des facrifices, ce temps auquel je frémis de fonger me plonge dans des angoiffes mortelles. Il eft trop vrai que les jours du bonheur font paffés : cette tendre maman les emporte avec elle dans le tombeau. Adieu

douce efpérance ! amour ! union
des cœurs ! adieu tout ! il faut
pleurer, mon bon ami, fur nos
plaifirs perdus & fur les maux qui
nous menacent. Si nous avions
du moins la confolation de nous
écrire, fi mes lettres vous par-
venoient tous les jours, s'il m'é-
toit poffible de vous envoyer des
preuves de ma tendreffe & de
mon fouvenir, votre éloignement me feroit moins pénible.
Mais attendre du hafard un
moyen fûr de nous entretenir,
n'ofer même prononcer votre
nom, c'eft un tourment affreux ;
je ne le foutiendrai jamais. O
mon ami ! unique objet de mes
affections ! fe peut-il que notre
félicité fe foit évanouie, que nos

beaux jours foient paffés fans retour ! Il ne nous refte donc plus
que des regrets déchirans ! quel
état ! combien vous devez fouffrir !
je fens vos peines ; je ne fens
qu'elles ; les miennes ne font rien.
Que tous les maux m'accablent ;
mais que vous foyez heureux :
voilà le vœu de votre amante !
O mon cher Faldoni ! ne m'ou-
blierez-vous pas ? m'aimerez-vous
toujours ? Au milieu de mes fupplices, l'affurance de votre amour
peut me confoler. Je parois tranquille ; j'affecte un calme, hélas !
bien éloigné de mon cœur ! je
ne m'afflige qu'en fecret & dans
les bras de ma coufine ; elle fe
flatte d'effuyer mes larmes, d'en
tarir la fource : je lui laiffe cet

espoir, puisqu'il lui fait plaisir ;
mais je sens qu'elles couleront
jusqu'au moment où je recouvre-
rai le bonheur que j'ai perdu.
Combien elle est ardente à me
servir ! avec quelle complaisance
elle m'écoute ! Après vous , je
n'ai que son amitié pour m'aider
à supporter ma pénible existence.... Grand dieu ! quel change-
ment ! Voici l'heure où vous avez
coutume d'arriver ; elle revient,
& je ne vous vois plus ! je vous
desire ; je vous cherche ; mon
cœur vous appelle sans cesse.
Mon ami ! mon bien aimé ! Ah !
venez ! je ne puis soutenir plus
long-temps cette épreuve ; elle
est au-dessus de mes forces. Venez ! que je vous apperçoive , &

je ferai contente. Je fuis reftée
hier, pendant des heures entieres,
appuyée près d'une fenêtre qui
donne fur la plaine , & je ne
vous ai point vu une feule fois !
Toute la nature paffoit, excepté
vous ! Qu'êtes-vous donc devenu ?
J'attendois vainement; mes pleurs
ont redoublé , & je me fuis cou-
chée dans un défefpoir nouveau...

Je viens de quitter cette fenêtre chérie , & je n'ai que la force
de m'affeoir ! O mon ami , je
vous ai vu & je vous ai fui !
Mes genoux fe déroboient fous
moi ; je n'exiftois plus ; je meurs
à chaque inftant. Je croyois être
plus calme , & ma douleur aug-
mente ! mon défefpoir eft extrême ; j'ignore où il me con-

duira.... Mais, mon cher Faldoni!
je vivrai pour t'aimer ; souviens-
toi de tes fermens , & fois fûr de
mon amour : l'univers réuni ne
m'y feroit pas renoncer. Je me
fens un efprit de réfiftance fupé-
rieur à tous les obftacles. Homme
adoré ! ton cœur eft dans le mien :
voilà ma force ! vas ! nous ferons
encore heureux. Je défefpérois
de te revoir jamais , & maintenant
je fuis tranquille autant que je
puis l'être. L'hiver va bientôt
nous rapprocher ; nous aurons
mille occafions d'être enfemble;
nous pourrons nous rencontrer
par-tout ; en ménageant ces inftans, il nous fera facile de les
multiplier. Ne nous écrivons plus,
à moins qu'il ne s'offre une voie

fûre de nous faire tenir nos lettres. Si notre correfpondance étoit
découverte, j'en mourrois de douleur. Je crois auffi qu'il eft dangereux de prolonger votre féjour
chez ma nourrice : mon frere dans
fes courfes de chaffe peut aller
de ce côté ; nos gens peuvent
parler ; vous n'avez aucune raifon à donner pour choifir une
pareille habitation dans notre voi-
finage ; elle féroit fufpecte &
pourroit nous nuire.

Le Chevalier vient d'arriver
avec mon pere : le premier m'a
ferrée dans fes bras avec tant
d'amitié, que j'ai été obligée de
détourner la tête, afin qu'il ne
s'apperçût pas de mon attendriffe-
ment. Pourquoi ce qui m'eût au-

trefois comblée de joie me fait-
il une impreſſion ſi contraire ?
pourquoi ces pleurs ?. Mais auſſi
pourquoi cette diſtinction parti-
culiere ? Ah! qu'on me laiſſe en
paix ! Je ne leur demande rien !
je ne veux rien d'eux ! puiſſent-
ils m'oublier ! je m'attends à des
perſécutions ; je ſuis ſurveillée
avec une rigueur inouïe : on ne
me permet plus de ſortir du parc,
& quand je m'y promene, c'eſt
avec ma tante ou ma couſine.
On a ſu que vous étiez venu ſouvent au château pendant cet été ;
il faut y faire une viſite de décence & n'y plus reparoître. Venez demain dans la ſoirée ; je
vous attendrai. Ah! ſans doute
je reſterai. Ingrat ! pouvez-vous
me

me laisser voir vos craintes sur
ma tendresse ? Est-il une force au
monde qui puisse me faire changer ? O mon cher Faldoni ! est-ce
quand on vous aime qu'on peut
renoncer à vous ? qu'ils ne s'en
flattent pas ! Le ciel & la terre
se font unis pour serrer nos nœuds;
cette généreuse mere qui vous
nommoit son fils, a fixé mon
destin; il est de vous aimer jusqu'à mon dernier soupir. O ma
mere ! tu les avois prévus ces
orages qui nous environnent :
mais ta bonté se promettoit de
les dissiper. Tu avois juré dans
ton sein maternel de changer les
résolutions d'un pere. Eh ! que
ne pouvoit la douceur de tes paroles, tes larmes séduisantes, tes

aimables careffes ? mon amant, mon époux, celui que ton cœur adopta étoit digne de ton choix ; c'eft pour lui que je t'implore ; nous irons jurer fur ta tombe d'accomplir tes volontés & de garder à jamais nos nœuds que tu formas. Concevez-vous, mon ami, combien ces fouvenirs redoublent mon courage ? Ah ! que l'avarice & l'orgueil fe déchaînent contre nous : je fuis prête à tout fouffrir , tout jufqu'à la mort, plutôt que de renoncer à ma foi : voilà mon ferment ; je le fais devant Dieu, ou plutôt, je le répete , & vous pouvez y compter.

LETTRE LVI.

Au même.

EST-CE bien vous que j'ai revu!
est-ce vous que je croyois ne plus
revoir ? oui, c'eſt vous ; c'eſt
votre voix que j'ai entendue, ô
mon cher Faldoni! que n'ai-je
oſé attacher mes yeux ſur les
vôtres! Mais on nous obſervoit;
j'examinois la contenance de mon
pere ; il n'étoit point à ſon jeu;
il étoit avec nous. Hélas! je ne
vous ai rien dit, rien qui vous
marquât ma tendreſſe ; & je vous
aime ! Ah! vous n'en doutez pas
ſûrement ! avec quel intérêt je
vous écoutois ! chaque mot que

F 2

vous prononciez me caufoit la
plus vive émotion. Avez-vous lu
dans mon cœur ? avez-vous vu
la contrainte où j'étois de n'ofer
m'exprimer ? avez-vous fenti que
mes diftractions étoient l'effet de
ma prudence ? Il falloit diffimuler
ou nous perdre ; il falloit paroître vous voir avec indifférence.
Quel horrible tourment ! Trahie
à chaque inftant par ma douleur,
j'étois auprès de vous , & j'avois
peine à retenir mes larmes. Vous
m'avez quittée fitôt pour la derniere fois ! Que ne prolongiez-
vous votre vifite d'un feul moment ! Il vous étoit fi facile de
refter ! Mais le vouliez-vous , di-
tès-moi ? Sans doute vous n'avez
fait que céder à la cruelle né-

cessité de nous séparer. Votre départ m'a plongée dans un accablement qui ressembloit à la stupidité ; je me rappellois ces heures tranquilles que nous avions passées dans la plus douce intelligence. O ! combien je me félicitois ! combien j'étois fiere de mon amour, quand vous m'assuriez qu'il vous avoit rendu au plaisir, & maintenant vous étiez replongé dans de nouvelles peines ! Mais ne vous laissez point aller à la tristesse : il faut me le promettre, ou je douterai de mes droits sur votre ame. Vois, mon cher Faldoni, ton amie, ton amante à tes pieds, te conjurer de veiller sur ta vie ! Pense à l'avenir ! Retrace-toi ces momens

ſi doux que nous avons paſſés ;
ils pourront renaître : le ciel peut
faire des miracles en faveur de
notre amour. On ne me dit rien
encore ; je vois ſur le viſage de
mon pere un froid qui me glace :
je tremble que ce calme apparent
ne couve quelque orage ; mais
je ſuis prête à tout. Hier, après
votre départ, Madame d'Armiane
& Conſtance étoient montées
chez elles ; je reſtai avec M. de
Saint-Cyran ; je pris mon tam-
bour & je me mis à broder. Mon
pere ſe promenoit en ſilence ,
& il me lançoit de temps en
temps des coups-d'œil terribles.
Je n'oſois lever les yeux , effrayée
de rencontrer les ſiens. Fatiguée
de cette ſcène muette , je ſortis

pour aller retrouver ma tante, & en arrivant auprès d'elle, mes larmes commencerent à couler. O Madame! lui dis-je, c'en eſt fait, j'ai perdu ſans retour l'amitié de mon pere. Je lui racontai ce que j'avois vu ; elle m'embraſſa, me conſola, m'offrit de m'emmener avec elle à Paris, pour me diſtraire de mes chagrins : je baiſai la main de cette généreuſe tante, & je lui exprimai tout le deſir que j'avois de la ſuivre ; mais j'ajoutai qu'il étoit bien à craindre que mon pere ne s'y refuſât. Elle doit le lui propoſer : mais quel ſuccès puis-je attendre? le paſſé ne m'a que trop appris à redouter l'avenir ! Inſenſée ! eſt-ce à moi d'eſpérer le bonheur ?...

F 4

à 2 heures du matin.

Je fuis libre, & je reprends ma
plus chere occupation. O Faldoni! quelle deftinée eft la nôtre!
Je ne ceffe d'y rêver. C'eft dans
le filence & l'obfcurité que nos
maux fe repréfentent fous une
forme plus horrible. Je me flat-
tois d'obtenir quelque repos : la
nuit pouvoit-elle me calmer?
Suis-je moins éloignée de vous?
Le motif de mon affliction n'eft-
il pas toujours le même? Hélas!
en vous voyant fortir hier, je
difois; c'eft la derniere fois que
cette porte s'ouvre pour lui. Mes
yeux vous fuivoient. Quelle folitude m'environne! comme tout
eft fombre autour de moi! que

j'aime ces vêtemens lugubres, &
ce deuil qui eft l'image de mon
cœur! En me rappellant mes pertes, ils me nourriffent de ma douleur. Je ne me plais que dans les
larmes ; j'en arrofe mon chevet :
le fommeil me fuit ; le fommeil
qui confole les malheureux, ne
revient plus que pour m'apporter
de triftes fonges plus affreux que
mes veilles. Je n'ai d'autre fou-
lagement que celui de vous écrire.
Avec quelle impatience j'attends
ces heures de ténébres pour me
rapprocher de vous! Tout dort
maintenant, & je n'ai que ce
temps qui m'appartienne. Ah !
qu'ils dorment ! je n'envie pas
leur repos : vaut-il le tourment
même que j'éprouve à me rap-

peller votre idée? quelle impres-
sion m'a laissé la douceur que
nous goûtions avant notre infortune ! Jamais, mon aimable ami,
jamais je n'oublierai ces momens
de paix & de sérénité ! Souvenez-
vous de cette nuit charmante où,
dans le tumulte & le bruit d'une
fête, j'étois auprès de vous & de
ma cousine : je pleurois ; mais
ces larmes n'étoient point ameres, & cependant je pressentois
déja le terme de mon bonheur :
c'étoit un mélange de peine &
de plaisir qui me causoit une mélancolie délicieuse. Dès que j'eus
perdu la plus tendre des meres,
je vis toute l'horreur de mon sort ;
je vis qu'il falloit renoncer à vous ;
je voulus essayer de me vaincre,

& je laiffai paffer un mois dans
une guerre perpétuelle avec mon
cœur. Mais que vous étiez puif-
fant, ô mon ami! que l'abfence
vous donnoit de force! j'aurois
peut-être mieux réfifté à vous-
même qu'à votre image. Je me la
repréfentois avec tous fes charmes, & l'éloignement l'embelliffoit encore. Vous avez paru comme un ange confolateur, & tous
mes fens flétris fe font ranimés à
votre afpect. J'ai fenti ma joie
renaître; il me fembloit que vous
me tiriez d'un abîme, & quand
vous m'avez quittée, j'y fuis re-
tombée. L'air dont mon pere me
regardoit m'eft encore préfent :
mille preffentimens m'accablent!
fuis-je deftinée à être éternelle-

F 6

ment malheureufe ? n'ai-je point
affez fouffert ? C'eft demain que
ma tante doit hafarder la péril-
leufe demande de mon voyage ;
c'eft demain que mon arrêt fera
prononcé....

Tout eft dit ; tout eft con-
fommé. Plus d'efpoir ! le malheur, le malheur va fondre fur
moi. Mes fanglots m'étouffent.
O dieu ! je l'avois bien prévu !
& que d'affreufes circonftances
accompagnent ce refus ! J'ai befoin de reprendre mes fens. Comment vous écrire ?... Il le faut cependant ; ma tante va partir ;
Conftance fe chargera de ma lettre, & je n'ai que le moment
de vous tracer ces caracteres qui
font baignés de mes larmes.... O

ciel impitoyable ! & je n'ai pas
le courage de me délivrer d'une
vie odieufe ! Ah ! fans la crainte
de vous donner la mort, vous
auriez déjà reçu mes derniers
adieux. Homme infortuné ! lifez,
& connoiffez toute l'étendue de
nos maux ! M. de Saint-Cyran
avoit paru affez gaï pendant le
dîner ; fon front étoit moins four-
cilleux ; il m'adreffoit quelques
paroles, & mon foible cœur s'ouvroit aux charmes de l'efpérance.
Après le repas, on a profité d'un
rayon de foleil, pour fe prome-
ner fur la terraffe. J'ai dit ; voilà
l'inftant critique, & je fuis reftée
dans le fallon avec Lolotte. Une
heure après, on eft rentré ; mon
pere avoit les yeux rouges &

étincelans ; Madame d'Armiane
baiſſoit les ſiens avec un air grave
& auſtere : Conſtance s'eſt miſe
dans un coin pour pleurer. Je
me ſuis levée, ne ſachant quelle
contenance me donner : je reſtois
de bout, après avoir fait quelques pas vers ma tante : elle m'a
fait un ſigne de la main d'aller
m'aſſeoir, & elle s'eſt jettée dans
un fauteuil avec un mouvement
de dépit. Toute cette ſcène muette que je vous retrace, a fait ſur
moi l'impreſſion la plus terrible ,
& j'attendois dans un ſilence d'effroi quelle en ſeroit la ſuite. Mon
pere a dit à Lolotte de ſortir :
alors m'apoſtrophant, il m'a demandé d'une voix ſévere ſi j'étois
laſſe de vivre avec lui. Je ne ré-

pondois point ; il a répété la
même queftion avec une voix
plus forte. Moi ! Monfieur ! lui
ai-je dit ; moi laffe de vivre avec
vous ! .... Eh bien ! n'ai-je pas raifon ? Vous craignez de pourfuivre ; une foible pudeur vous re
tient : vous n'avez pas encore
affez d'audace pour avouer que
je vous gêne, que mon œil clair-
voyant nuit à vos fourdes intrigues. — O Monfieur ! ô mon pere !
— ô mon frere, a dit Madame
d'Armiane, ne faites point cet
outrage à ma niece : le projet
de ce voyage n'eft venu que de
moi : j'ai cru devoir le lui propofer pour la diftraire de fa douleur ; je la voyois accablée de
la mort d'une mere, environnée

d'objets qui lui retraçoient sa perte, & j'imaginois que quelques mois d'absence pourroient la dissiper. Quoi donc, lui a dit mon juge, vous êtes dupe de ses larmes ? Allez, Madame, ce n'est pas une mere qu'elle pleure, c'est un amant. Je me suis écriée ; mes bras se sont tendus involontairement vers le ciel. O ma mere ! venez à mon secours ! venez justifier votre malheureuse fille ! O la meilleure des meres ! comment ne pas vous pleurer, moi qui perds tout avec vous ! Je ne savois ce que je disois ; le désespoir m'égaroit ; je crois que je me suis levée, & que j'ai frappé la terre comme pour en faire sortir l'ombre de cette généreuse

femme. Conſtance m'a dit enſuite que mes yeux, mes traits,
& tout mon viſage exprimoient
le déſordre de mon eſprit. Mon
pere s'eſt approché, & m'a re-
gardée fixement. Que veut cette
fille ? eſt-elle folle ? il faudra l'en-
chaîner ; & il faiſoit le mouvement d'aller appeller ſes gens.
Monſieur ! Monſieur ! a dit ma
tante, y penſez - vous ? & toi,
Théreſe, reprends tes ſens : à
quoi bon tout ce tumulte ? on
ne te permet pas de me ſuivre ;
eh bien ! ma chere ! il faut reſter,
aimer ton pere, même dans ſes
rigueurs, & tâcher par la tendreſſe filiale de gagner la ſienne.
Ah ! Madame, ai-je dit, j'aime
mon pere ; mais..... achevez,

Mademoiſelle, a dit une voix qui ne m'eſt que trop connue : mais il ne m'aime pas, voulez-vous dire? Je me taiſois.... Non ; ſi c'eſt manquer d'amitié que de ne pas donner les mains à votre folle paſſion, non, je ne t'aime pas, fille ingrate, & jamais tu ne rentreras dans mon cœur, tant que tu ne chaſſeras pas du tien le téméraire qui oſe y prendre ma place : crois que je ſuis inſtruit, que je vois tout, que je ſais tout, & qu'on ne m'abuſe point par une lâche hypocriſie. Ne connois-je pas l'homme qui m'offenſe & qui te déshonore? N'a-t-il pas eu le front, il y a deux jours, de paroître devant moi? N'ai-je pas vu vos regards furtifs & vos

fignes d'intelligence ? La flamme
de cette fille infenfée n'a-t-elle
pas éclaté fous les yeux d'un pere?
Me croit-on aveugle? & dans
quel temps ofe-t-elle fe livrer à
fa pourfuite amoureufe ? Vous le
voyez, Madame ! c'eft quand la
cendre de fa mere eft encore
fumante ! Je me fuis approchée,
les mains jointes, les genoux
pliés & tremblans ; grace ! grace !
épargnez-moi ! qu'ai-je donc fait
pour donner lieu à ces horribles
reproches ? Si j'ai marqué des
attentions pour la perfonne dont
on me parle, j'y étois autorifée
par ma mere ; j'avois fon aveu ;
elle a connu toutes mes penfées ;
elle a vu toutes mes démarches ;
je me ferois fait un crime de les

lui cacher. Et moi, a-t-on repris,
je ne méritois point d'avoir part
à de fi beaux fecrets : j'étois l'ennemi dont il falloit fe garder ; &
tandis qu'une mere foible &
trompée fouffroit qu'un quidam
osât annoncer des prétentions fur
ma fille, & fe loger pour plus
de commodité à deux pas de ma
maifon, cette amoureufe créature
trembloit que je n'arrivaffe : à
peine m'a-t-elle revu, qu'elle
brûle de me quitter, fans doute
pour jouir de fa liberté : mais
j'y faurai mettre ordre, & je lui
déclare ici devant ma fœur, que
jufqu'au moment où elle aura reçu
la foi de l'honnête-homme que je
lui deftine, & engagé la fienne
aux autels, elle ne quittera point

ce château, duffé-je y mettre des
gardes : j'empêcherai bien qu'elle
n'en forte pour courir après fon
féducteur : je lui donne fa chambre pour prifon ; qu'elle y pleure
à loifir fes folles erreurs ! Quand
une fille a paffé les bornes du
devoir , un pere a le droit de
franchir celles de la rigueur , &
les jours de ma juftice vont com-
mencer pour elle.... O mon ami !
comment vous répéter tout ce
qu'il a dit , cet homme barbare
que je n'ofe appeller mon pere !
Il m'a menacée de toute fa vengeance , fi après un temps écoulé
je ne fubiffois l'affreux hymen
qu'il veut m'impofer ; il a rejetté
les prieres , les larmes , les inftances de fa fœur; rien n'a pu le

fléchir : en vain ma chere Conftance s'eft précipitée à fes pieds,
le conjurant de m'être favorable :
j'ai rifqué de me profterner auffi
devant lui ; j'entrelaçois mes bras
autour de fes genoux ; je lui ai
dit au milieu des larmes & des
fanglots : fouvenez-vous que je
fuis votre fille ; ayez pitié de moi ;
ne me traitez pas avec tant de
rigueur ; je vous en conjure au
nom de cette tendre mere qui
m'a bénie à fon dernier moment !
O Monfieur ! ayez pitié de votre
fang, fi vous voulez que l'Être
fuprême vous traite un jour avec
bonté ! je ne fuis pas fi vile que
vous le penfez ; je n'ai point désho-
noré ma naiffaince ; je ne fuis
point une fille perdue ; on ne m'a

point séduite : les sentimens d'honneur que vous m'avez transmis me font encore chers. O ! souffrez que je vous appelle mon pere, & que je réclame auprès de vous la clémence paternelle ! Ne me faites pas mourir de douleur ! N'ôtez pas la vie à celle à qui vous l'avez donnée ! Hélas ! un jour viendra peut-être où vous gémirez de m'avoir traitée si cruellement, & il ne sera plus temps. Je serrois tendrement ses genoux, en lui parlant. Loin de moi, serpent, a-t-il dit, & en agitant ses jambes, il m'a repoussée à dix pas de lui, sur le parquet : sa fureur étoit au comble ; il a fait un serment horrible que j'épouserois son ami, ou qu'il iroit m'enterrer dans des lieux dont je ne fortirois que pour defcendre au tombeau : il a juré que fi je vous revoyois, vous, mon cher Faldoni, fi j'ofois vous parler ou vous écrire, il m'accabloit de tout le poids de fa malédiction : fans vouloir rien entendre, il nous a brufquement laiffées, & nous fommes demeurées comme frappées de la foudre. Suis-je affez malheureufe? Le ciel me réferve-t-il encore de nouvelles angoiffes? Oh ! que ne fuis-je déja dans le caveau de mes peres ! Que m'importe une trifte vie qui ne fera plus mefurée que par les peines? Ah ! mourons! délivrons-nous de cette affreufe exiftence ! je ne fens plus ; je ne penfe plus ; je ne fuis

plus

plus à rien ; le défefpoir m'op-
prime ; je ne vois que des bourreaux, des fupplices, un enfer.
Mais pourquoi vous envelopper
dans mon malheur ? Fuyez - moi
plutôt ! fuyez, homme adoré &
digne d'un meilleur fort ! allez
chercher des cœurs qui pourront
au moins payer le vôtre ! allez
jouir loin de moi de la félicité
qui vous eft due ! pourquoi vous
obftiner à aimer une infortunée
dont le terme approche, & qui
ne vous laifferoit après elle que
des regrets ? O l'ami de mon
cœur ! ô le plus cher des hommes !
pourrez-vous me quitter? le pourrez-vous ? mon image ne vous
fuivra-t-elle pas? n'avez-vous pas
à craindre qu'elle empoifonne

tous vos inftans? S'il eft poffible qu'une autre vous dédommage de ma perte, aimez-là , j'y confens : fi du fond de mon cachot j'apprenois que vous êtes heureux, je bénirois encore le ciel ! Allez, trop généreux ami ! allez vivre loin d'une terre de douleur où vous ne verriez que deuil & défolation. C'eft la derniere fois que je vous écris. Qu'aurois-je à vous dire encore ? vous parler de mon infortune ? vous affliger par le récit de mes tourmens ? porter dans votre ame le poifon qui me tue? Non, je veux fouffrir feule ; je veux dévorer mes larmes & les cacher à toute la nature. Adieu ! oubliez-moi ; ne m'écrivez plus ; ne foyons plus rien l'un

à l'autre ; il le faut.... O mon
dieu ! je n'y pourrai survivre ; la
vie n'eft plus pour moi qu'une
mort continuelle ; mon efprit
s'égare dans ce déluge de maux ;
ma tête s'affoiblit ; ma raifon s'en
va ; je meurs ; je meurs mille fois
avant de mourir..... Adieu, mon
ami ! mon bien-aimé ! toi qui me
fus cher & qui me le feras jufqu'au dernier foupir ! Il faut donc
le dire cet adieu ! Quel mot terrible à prononcer ! mon cœur fe
déchire ; je n'exifte plus : bientôt
peut-être vous apprendrez que
tout eft fini pour moi. Des bords
de ma tombe où je vais entrer,
ô Faldoni, écoutez la voix de
votre amie ! elle vous conjure de
vivre & de rendre le calme à

votre ame ! Renoncez pour jamais à cette paſſion cruelle qui
fait le ſupplice de ſes victimes !
Ah ! n'aimez plus ! n'aimez jamais !
que l'exemple effrayant des maux
que nous ſouffrons ſoit toujours
devant vos yeux ! Je vous diſois
de m'oublier ; il n'eſt pas en vous
d'y parvenir , & j'oſe croire que
vous le tenteriez vainement : mais
pardonnez-moi les douleurs que
je vous cauſe ; ne me haïſſez pas !
O mon doux ami ! pourrois-tu
m'en vouloir ? ferois-tu bien aſſez
dur , aſſez ingrat pour haïr ton
amante ? Hélas ! elle n'auroit plus
le pouvoir de ſe juſtifier ! ce cœur
qu'elle t'avoit donné ſera dans
le tombeau : ſes cendres où le
feu de l'amour vivra peut-être

encore attesteroient ton injustice•
Sois toujours l'ami de ton amie !
que le temps & l'absence ne
puissent détruire en toi la douce
chaleur de notre ancienne tendresse ! Quand les années auront
rendu ces impressions moins vi-
ves, que le souvenir attendrissant
de ta maîtresse se réveille quelquefois dans ton cœur, sans y
causer d'amertume ! Songe à ces
beaux jours dont nous avons si
peu joui ; à cette félicité qu'on
ne goûte pas deux fois dans la
vie ! Rappelle-toi nos jeux, nos
entretiens, ce sentiment immortel d'un premier amour, cette
flamme victorieuse de tous les
efforts humains ! Songe à cette
amie qui n'a point regretté de

mourir pour toi, & fi tu peux vifiter le coin de terre qui l'enfer-
mera, ô mon bien aimé! n'y paffe
jamais fans donner une larme à
fa mémoire! Adieu! adieu! les
fanglots me fuffoquent! je ne vois
plus qu'à travers un nuage de
pleurs.... ô Faldoni! adieu pour
jamais!

P. S. Ma coufine vous remet-
tra vos lettres ; c'eft un facrifice
affreux, mais néceffaire ; il feroit
dangereux de les garder : reprends-
les, mon ami! je n'ai pas befoin
de ces marques de ton amour ;
j'en ai qui ne s'effaceront jamais !
je les porte au fond de mon cœur :
rien ne les en arrachera. Il faut
donc ceffer de t'écrire, & je n'a-

vois plus d'autre confolation !
Combien je fuis malheureufe !
ô mon cher Faldoni ! adieu ! ....
chaque mot me fait frémir ! dites
à M. le Curé de venir me voir ;
faites-lui part de ma fituation ;
qu'il vous confole : je n'ai pas
la force de lui écrire : quel état !
ô ciel ! mais qu'importe ? ne vais-
je pas mourir ?

LETTRE LVII.

Le CURÉ à THÉRESE.

JE viens d'avoir avec M. de
Saint-Cyran la scène la plus vive.
Votre pere, ma chere enfant, est
un homme intraitable ; j'ai vainement essayé de le gagner par
tous les motifs de l'honneur, de
la justice & de l'humanité. Je lui
ai représenté que son épouse avoit
donné les mains à l'union qu'il
rejettoît ; il s'est emporté avec
fureur contre votre mere & contre moi ; il a traité des noms les
plus insultans, le zele que j'avois
montré pour vous, & il m'a dé-
claré que si sa fille ôsoit lui dé-

sobéir, la punition la plus sévere feroit le prix de sa révolte. J'ai laissé passer ce premier feu ; alors prenant la parole, j'ai commencé par lui rappeller l'engagement que j'avois contracté à votre naissance de vous servir de pere, & les soins que lui-même m'avoit chargé de donner à votre éducation. Après avoir bien établi le droit que j'avois d'embrasser votre défense, & de lui parler avec le tendre intérêt d'un tuteur en faveur de sa pupille, je lui ai demandé s'il vouloit faire le bonheur de sa fille. Qui en doute, s'est-il écrié ? j'ai poursuivi. D'après ces dispositions, comment pouvez-vous former un mariage aussi mal assorti ? Il alloit m'interrompre :

G 5

j'ai levé la voix : oui, l'homme
que vous lui deſtinez eſt indigne
de ſa main : ſes mœurs.... vous
vous moquez, m'a-t-il dit ; &
depuis quand les mœurs d'un
homme ſont-ils un obſtacle à de
pareils arrangemens ? S'il ne falloit marier que des Catons, où
en ſerions-nous ? Mon zele s'eſt
enflammé : quoi, Monſieur, vous
ne rougiriez pas d'abandonner votre fille au plus vil débauché !
vous ne frémiriez pas d'expoſer
ſon honneur, ſa vie, ſa deſtinée
pour ce monde & pour l'autre !
Eſt-ce là le langage d'un pere ?
Je veux que la corruption du
ſiecle ait fait jetter un voile ſur
le déſordre des mœurs, & qu'un
libertin ſoit accueilli dans la ſo-

ciété, quand il s'y produit fous
des dehors aimables : c'eft-là que
chacun, occupé de fon propre
intérêt, donne peu d'attention
aux chofes qui l'environnent :
c'eft-là qu'on peut être impuné-
ment vicieux, quand on ne fait
tort qu'à foi-même. Mais vous,
pere de famille, vous chargé par
la providence de veiller au bonheur de vos enfans, que répon-
drez-vous à l'arbitre fouverain,
quand il vous demandera compte
de ceux qu'il vous a confiés ?
J'ai facrifié ma fille, lui direz-
vous, à des vues de fortune &
d'ambition : j'ai fait pour elle un
enfer anticipé d'une union créée
pour être une félicité terreftre,
& la confolation de l'homme

G 6

dans les miseres de la vie. Mais, Monsieur, qu'arrivera-t-il, si vous la forcez d'épouser un homme qu'elle abhorre? Avez-vous prévu tous les dangers de cet hymen & tous les désordres qui vont le suivre? Ne craignez-vous pas d'en être un jour responsable? voyez des enfans malheureux, détestés de leurs parens, vous accuser de tous leurs maux; voyez une épouse languir, se dessécher dans les larmes, & finir sa carriere avant le terme établi par la nature; ou si elle résiste à ses douleurs, voyez la discorde leur souffler une haine immortelle, les séparer avec éclat, les dévouer à la honte du divorce, & les tribunaux retentir du récit

scandaleux de leurs guerres in-
teſtines. Je l'ai ramené ſur votre
ſituation actuelle, & le trouvant
inébranlable , j'ai déployé toute
la force de la vérité pour lui
faire ſentir qu'il ſortoit des bornes preſcrites à l'autorité paternelle ; que la violence dont il
uſoit envers vous étoit contraire
à toutes les loix divines & humaines ; qu'il alloit devenir le
meurtrier de ſa fille dont la vie
étoit dans le plus grand péril ,
& qu'il s'expoſoit à vous obliger
de recourir à la protection des
Magiſtrats, s'il continuoit de vous
traiter avec une barbarie dont il
n'y avoit point d'exemple : je n'ai
pas craint d'ajouter que ſi vous
embraſſiez ce parti , je ſerois le

premier à vous foutenir ; que je
n'avois ni fon crédit, ni fa fortune ; mais que j'étois prêt à
confacrer tout mon bien pour
une fi noble caufe. Sa colere s'eft
rallumée ; il m'a demandé fi j'é-
tois venu pour l'infulter : fans
attendre ma réponfe, il s'eft approché d'une fenêtre, & il a juré
que fi je ne fortois fur le champ,
il me feroit jetter hors de chez
lui. Il a crié d'une voix fou-
droyante, que fa réfolution étoit
prife, que rien ne l'en détourne-
roit ; que tant qu'il lui refteroit
du fang dans les veines, votre
homme feroit l'objet de fes pour-
fuites ; qu'une lettre de cachet
ne tarderoit pas à le venger de
l'infolent qui avoit la témérité

d'aſpirer à ſon alliance , & que
pour vous , malgré vos protec-
teurs , il vous enverroit ſi loin ,
qu'il n'entendroit plus parler de
vos folies. A ces mots , il m'a
conduit vers la porte , en me dé-
clarant qu'à l'avenir elle ſeroit
fermée pour moi. Je lui ai répondu : Monſieur , je reviendrai
toutes les fois que mon devoir me
rappellera , parce que j'ai promis
à votre épouſe de n'abandonner
jamais ſon enfant. Vous pourrez
m'outrager , me frapper , me jetter hors de chez vous par les
fenêtres , comme vous m'en avez
menacé , parce que je ſuis un
Prêtre infirme , un vieillard foible & ſans défenſe ; mais vous
ne m'empêcherez point d'être fi-

dele à ma promeſſe pour la plus
vertueuſe des meres & la plus
malheureuſe des filles. Au reſte ,
prenez garde à ce que vous allez
faire : nous vivons ſous un gou-
vernement doux & bienfaiſant où
le Souverain lui-même ſe ſoumet
aux loix qu'il impoſe. Songez-
bien qu'un pere n'eſt le chef de
ſa famille que pour la protéger
& non pour l'opprimer ; que la
juſtice publique a l'œil ouvert ſur
ſes démarches , & le bras levé
pour l'arrêter, s'il ſort des limites de ſon pouvoir ; ne croyez
pas avoir le droit de faire diſpa-
roître à votre gré ce précieux
dépôt qui vous eſt confié par la
nature, & que les loix ont laiſſé
pour un temps ſous votre garde;

bientôt vous les entendriez tonner
pour le réclamer. Ne croyez pas
auſſi qu'il vous ſoit facile de
troubler la liberté d'un citoyen,
& de faire ſervir à vos reſſenti-
mens particuliers les armes de
l'autorité deſtinées contre des
maux extrêmes : s'il vous arrivoit
de ſurprendre à ce point la religion du Prince, j'irois me jetter
au pied de ſon trône ; j'y por-
terois les plaintes de mon ami,
de l'honnête homme que vous
mépriſez, quoi qu'il ſoit au-deſſus de vous : on m'écouteroit ;
on ſeroit touché de voir un pauvre Eccléſiaſtique accablé d'années, braver les fatigues & les
frais d'un long voyage pour ſauver
l'innocence, & vous ſeriez des-

honoré. Je l'ai quitté en ache-
vant ces mots, bien réfolu de
fuivre le projet que j'annonçois.

Vous voyez quel avenir on vous
prépare : M. de Saint-Cyran eft
capable de tout : mais une vérité
conftante, c'eft que je fuis à
vous, mon enfant, à la vie & à
la mort. Si l'on vous perfécute,
mon afyle vous eft ouvert ; venez
y chercher le repos. Vous favez
que ma fortune eft bornée ; mais
ma tendreffe eft illimitée, & je
me flatte qu'elle vous confolera
de ce que vous perdez. C'eft votre ami, votre Mentor, votre
parrein qui vous parle ; c'eft un
homme blanchi dans les travaux
d'un miniftere vénérable. En vous
tenant ce langage, je ferai blâmé

par les efprits vulgaires ; mais en
m'efforçant de prévenir ou de repouffer votre infortune, je ne
puis perdre l'eftime de moi-
même, & cela me fuffit. Si vous
préférez une habitation fur les
terres de M. de Thémine, je fuis
chargé de fa part de vous l'offrir :
il eft indigné, comme moi, de
tout ce qu'on vous fait fouffrir,
& fi je ne l'avois retenu, il vouloit aller lui-même vous arracher
à vos tyrans. M. de Thémine,
en qualité de parent de votre
mere, a le droit fans doute de
vous prêter fon appui, & c'eft
un défenfeur ardent fur lequel
vous pouvez compter. Voici le
plan qu'il vous trace : dans l'al-
ternative d'époufer le plus vil des

hommes, ou de fubir la vengeance du plus féroce des peres,
vous pouvez vous réfugier dans
un cloître & réclamer le fecours
des loix ; elles font les tutrices
de l'orphelin à qui la nature ou
les paffions ont ravi fon pere ;
elles fauront qu'une digne mere
vous avoit deftiné pour époux
l'homme vertueux qu'on vous re-
'fufe, elles apprendront quel eft
le miférable auquel on menace
de vous vendre : leur fage équité
fixera votre fort, & vous ferez
libre alors de choifir une retraite
chez l'un ou l'autre de vos amis.

C'eft à vous, ma chere fille,
à vous déterminer ; je ne vous
donnerai point de confeil ; mais

dites un mot & tout s'accomplira
selon vos vœux.

LETTRE LVIII.

THÉRESE au CURÉ.

Ah ! Monſieur ! quelles idées vous réveillez en moi ! Douce & chere eſpérance ! Seroit-il vrai que je ne t'aurois point perdue ? cette union ſi déſirée pourroit ſe faire ! mes jours s'écouleroient enfin dans le repos ! j'aurois autour de moi les objets de ma tendreſſe ! je ſerois libre & contente ! je ne verſerois plus de larmes ! Oh ! non je n'y dois pas ſonger. Il faudroit quitter la maiſon pater-nelle, & le repentir ſuivroit une pauvre fugitive errante, & livrée à la pitié d'autrui. Je ſuis péné-

trée de vos bontés ; mon cœur ;
mon trifte cœur en confervera le
fouvenir jufqu'au tombeau : je
rends grace à M. de Thémine
de fes offres généreufes ; mais que
devenir au milieu des contrariétés
qui m'affiégent ! Je ne vois que
des maux & des regrets, foit que
je refte ou que je parte : il faut
m'attendre à fouffrir, ou les tourmens qu'on me prépare, ou mes
propres remords. Qui moi ! moi
recourir aux loix, les invoquer
contre mon pere ! Ah ! c'eft alors
qu'elles devroient punir une fille
criminelle ! Non, Monfieur, votre amitié vous emporte & vous
ne tarderiez pas à me condamner
vous-même. J'irois donc élever
dans les tribunaux une voix fédi-

tieufe & me plaindre de ce qu'on me refufe mon amant ! Jufte ciel ! que la terre s'ouvre plutôt pour cacher ma honte ! Je veux que la patrie écoute un enfant qui peut avoir quelques droits de fe plaindre ; je veux que les rigueurs employées contre moi paffent la mefure de l'équité ; je veux enfin qu'on m'accorde la liberté de difpofer de mon fort : mais où fuirois-je, fi devant mes juges, & dans l'inftant de ce vain triomphe, je rencontrois les regards de mon pere ? O grand dieu ! fes regards ! les connoiffez - vous, Monfieur ? Vous les peignez-vous comme moi ? Ils m'anéantiroient ! ils me feroient rentrer dans la poudre ! je ne verrois plus dans

ce

ce moment que ma révolte : il
me faudroit courir jufqu'au bout
de la terre, & cette image effrayante m'y fuivroit encore. O
mon bienfaiteur ! pardonnez fi
votre fille ofe fe permettre avec
vous des réflexions que vous n'a-
vez pu manquer de faire. Je fais
combien de juftes raifons viennent
à l'appui de votre lettre , & je
n'ai que trop de pente à les croire ;
mais en vérité, je ne ferois jamais
heureufe : j'aime mieux fouffrir
ce qu'on me réferve. Que peu-
vent-ils me faire de plus, que de
m'ôter la vie ? S'ils me tuent, ils
abrégeront la durée de mes peines, & je les bénirai de ne m'a-
voir point fait languir. Je prévois
jufqu'où peut aller la vengeance

de celui que je frémis de nommer.
N'ai-je pas vu l'inftant où il me
fouloit fous fes pieds? Ne m'a-t-il
pas maudite quand j'étois profter-
née devant lui & privée de fentiment? Sa cruauté peut-elle aller
plus loin? Non, j'ofe déformais
le défier, & la terreur de fes
menaces ne peut m'ébranler. Ce
n'eft pas que je regarde comme
une erreur de me dérober aux
tortures qui m'attendent : la premiere loi, fans doute, eft d'obéir
au cri de la nature qui nous dit
de fuir la douleur ; je fais auffi
que votre fublime vertu répugne-
roit à me propofer un parti contraire au véritable honneur. Qui
mieux que vous peut apprécier
la moralité des actions ? & pen-

fez-vous que mon foible cœur
ne me retrace pas à tous les momens la peinture enchantereſſe
d'une félicité que je pourrois connoître ? Cet infortuné que je com-
blerois de joie, n'eſt-il pas là ? ne
l'entends-je pas, qui me prie, qui
me conjure de fuir auprès de vous ?
Non, non, Faldoni ! non, vous
avez beau me preſſer ; rien ne
me fera changer de réſolution !
laiſſez-moi mourir ; je vous le
dis dans la vérité de mon cœur.
Je veux que vous viviez ; je vous
le demande : mais ma courſe eſt
faite, & vous n'entendrez plus
parler de moi. O mon noble ami !
vous le voyez ; ma pauvre tête
eſt bouleverſée ; je ne ſais plus
lier deux penſées ; je voulois vous

remercier de vos bontés , & je
m'égare dans un abîme de réflexions qui ne finiſſent plus. Où
en étois-je ? que vous ai-je dit ?
Que je ne pouvois accepter vos
ſecours ? Je le voudrois bien !
mais croyez-vous que mon pere
n'iroit pas me pourſuivre dans la
retraite où je me ferois cachée ?
Si je le voyois paroître , ſi j'entendois ſa voix , ſi j'appercevois
ſon ombre.... je mourrois de
frayeur ! Dites-moi donc ſi ſa
malédiction ne perceroit pas le
ſecret de mon aſyle ? O mon
dieu ! m'avoir maudite ! m'avoir
rejettée loin de lui, comme un
vil objet de rebut ! Mon dieu !
vous l'avez entendu , & vous ſa-
vez ſi je méritois cet horrible

traitement! Mais me répondez-
vous auſſi, Monſieur, que mon
cœur n'aura point de remords ?
Ah ! voilà ce qui m'épouvante !
j'ai beau réfléchir ſur ma démar-
che ; il m'eſt impoſſible de la
faire. Comment ne pas me repentir ? ſi j'allois affliger mon
pere ? je le crains, je le crains !
malgré tous ſes emportemens, je
crois que mon pere m'aime. Eh !
pourquoi ne m'aimeroit-il pas ?
Je l'ai toujours chéri ! Oui, je
me flatte qu'au fond de ſon cœur
il ne me hait pas. Jugez quel
feroit ſon regret d'avoir perdu
ſa fille ! j'aimerois mieux verſer
mille larmes que de lui en coûter
une. Ceſſez donc de vous inté-
reſſer à mon ſort ! vous m'offrez

en vain l'image d'un bonheur qui n'eſt plus fait pour moi ! Il eſt trop vrai que la mort ſeule peut m'ôter le ſouvenir des beaux jours qui me ſont ravis ; mais ſi je me les rappelle , hélas ! ce n'eſt que pour en pleurer la perte. Si vous voyez votre ami , ſuppliez-le de travailler à ſe guérir d'une paſſion malheureuſe. Ah ! Monſieur, quelle conſolation ce feroit pour moi , ſi j'apprenois qu'il ne ſe laiſſe point dompter par la douleur ! ranimez ſon courage ! voici le moment de l'exercer. Il eſt homme ; il a des reſſources : mais qui ſuis-je pour lutter contre ma deſtinée?

LETTRE LIX.

Le CURÉ à FALDONI.

J'APPRENDS que vous cédez au découragement ; le chagrin vous accable ; vous fuyez le monde ; vous négligez jusqu'à l'amitié ; ce fentiment qui fait le charme du malheureux, vous éprouve infenfible : & moi qui croyois avoir des droits fur votre cœur, vous m'oubliez ! je ne vous vois plus ! Homme infortuné ! viens dans les bras de ton ami verfer les larmes du défefpoir ! viens ! je les recevrai ; je te confolerai ; je te dirai comment l'ame du fage peut s'élever au-deffus de fes maux. Tant

H 4

que j'ai cru pouvoir nourrir vos
efpérances , j'étois ardent à vous
fervir ; mon intérêt ne m'eût pas
été plus cher que le vôtre : je
parvenois à établir votre félicité
fur une bafe inébranlable : un
coup du ciel a renverfé tous mes
travaux ; il faut adorer fa main
qui vous frappe ; il faut croire
que l'accompliffement de vos
vœux n'étoit point dans l'ordre
éternel de fa providence. N'avez-
vous pas été pendant trois mois
le plus fortuné des hommes ? le
temps de la difgrace eft venu ;
apprenez à l'endurer. Hélas ! il
y a quelqu'un plus malheureux
que vous ! il m'eft affreux de vous
en inftruire ; mais c'eft à l'amitié
de remplir cette tâche pénible.

J'ai vu Mademoiſelle de Saint-Cyran : ſon déſeſpoir, ſes cris, ſes larmes, ſes ſanglots me briſoient le cœur. Je ne crois pas qu'elle puiſſe long-temps ſoutenir un état ſi violent. J'ai vainement eſſayé de la calmer ; elle ne voyoit ni n'entendoit : le déſordre de ſa tête paſſoit juſqu'à ſon eſprit. On dit qu'elle ne parle plus, qu'elle refuſe tout aliment, qu'elle appelle la mort : je l'ai trouvée baignée dans les larmes ; elle avoit peine à me reconnoître ; je ſuis parvenu à me faire écouter un inſtant ; tout-à-coup il lui ſurvenoit une penſée ; ſon cœur ſe gonfloit & ſes pleurs recommençoient. Au nom de Dieu, n'ajoutez point à ſon malheur ! Songez

H 5

que fa vie tient à la vôtre , &
que vos douleurs font les fiennes.
Elle defire que vous fupportiez
votre infortune ; elle dit qu'elle
fera moins à plaindre fi elle ap-
prend que vous avez foin de vos
jours : donnez-lui l'exemple du
courage ; efforcez-vous de faire
encore ce dernier facrifice ; celui
que vous avez fait vous rendra
tous les autres moins fenfibles :
car je ne dois point vous le cacher ; elle a reçu vos derniers
adieux, & vous ne pouvez plus
vous attendre à la revoir. Ty-
rannifée par un pere infléxible,
abfolu, violent, qui ne vous par-
donnera jamais d'avoir gagné le
cœur de fa fille, elle n'a plus
l'efpérance de vous être unie :

ceſſez d'y prétendre ; ceſſez de
nourrir un penchant qui n'auroit
déſormais que des ſuites cruelles!
Je gémirai toute ma vie de l'avoir
favoriſé. Dieu qui voit mon cœur,
ſait que je voudrois vous ſervir
encore : mais que produiroient
contre un pere irrité les ſecours
de mon zele ? O combien vous
adouciriez mes regrets ſi vous
renonciez à des ſentimens qui
ne peuvent plus vous rendre heureux ! Je vous le demande comme
une grace ineſtimable. Allons,
mon ami ! faites un noble effort
ſur vous-même ; n'achevez pas
la ruine de cette infortunée, en
vous obſtinant à conſerver pour
elle une paſſion ſans eſpoir : revenez à la tranquille amitié ; cet

H 6

état est préférable aux troubles affreux de l'amour. Vous êtes jeune ; vous avez toute l'énergie de votre âge ; vos sens ne font point flétris par le vice ; votre ame a confervé l'inftinct de l'honneur, & la vertu vous eft encore chere. Regardez autour de vous ; le monde vous ouvre fon théâtre : affez & trop long-temps vous avez enfoui vos talens ; il faut les tirer de l'oubli : fpectateur infenfible, fortez enfin de cette trifte apathie ; rentrez dans la claffe des êtres ; allez prendre un rang dans la fociété, & lui payer la fomme de travaux qu'elle impofe à tous fes membres. Serez-vous le feul immobile au milieu de ce mouvement univerfel ? N'eft-il pas temps d'agir & de féconder le germe des sentimens sublimes que le ciel mit en vous ? Combien de fois n'ai-je pas vu vos yeux émus au récit des actions généreuses ? Vous brûliez de les imiter ; vous portiez envie à ces grands hommes que l'enthousiasme éleva au-dessus des scènes vulgaires de l'humanité ; un transport divin vous faisoit tressaillir aux tableaux immortels de leur gloire. Croyez-vous qu'ils n'avoient point appris à se vaincre? Leurs cœurs étoient-ils moins ardens que le vôtre? l'amour les avoit-il épargnés? Ah ! sans doute ils étoient livrés à tous les orages de la vie : mais ils fouloient aux pieds les passions enchanteresses ;

ils repouſſoient la volupté ; ils
s'arrachoient aux ſéductions de
l'amour ; la vertu les embrâſoit ;
ſon divin modele étoit devant
leurs yeux ; ils ne voyoient que
lui, & pour l'atteindre, ils mar-
choient ſur les flammes. Loin de
moi toute philoſophie auſtere qui
n'accorde rien au plaiſir ! vous
avez vu ſi j'approuvois ce Stoï-
ciſme inſenſé qui fait de l'homme
un enfant de douleur, & de la
vie un cercle étroit de peines,
de combats & de travaux. Tout
le monde auſſi n'eſt pas né pour
l'héroïſme ; il eſt peu de ces ames
privilégiées qu'un feu céleſte emporte au-delà des routes battues :
le grand art de la vie eſt de ſavoir
trouver les vraies limites des cho-

fes, & de revenir fur fes pas quand
on les a franchies. Ne jugez point
de l'avenir par le préfent ; vous
ne ferez point toujours affligé ;
vous ne ferez point toujours
amant : un temps viendra que le
délire de votre imagination fera
calmé, que les illufions de votre
cœur s'évanouiront comme un
fonge, & que cette fiévre d'amour
fera place au fommeil de vos fens :
alors vous regretterez les momens
trop chers perdus dans le mol-
leffe & dans l'oubli de vos devoirs : vous regretterez d'avoir fi
peu vécu & d'être chargé d'années : vous pleurerez fur une fille
imprudente dont vous avez fait
le malheur, fur un ami que vous
n'avez pas écouté, & qui ne fera

plus le témoin de vos regrets. Je
vous conjure de fuivre mes avis,
tandis qu'il me refte encore quelques heures à paffer fur la terre :
vous ne m'aurez plus long-temps :
vous voyez que je gagne à grands
pas ma derniere demeure. Oh !
fi je pouvois vous laiffer paifible
& délivré de vos chaînes, je m'en
irois plus content. O mon cher
fils ! ayez pitié de ma vieilleffe !
ne me laiffez pas emporter au
tombeau l'affreufe penfée d'avoir
aidé à votre illufion ! Que feriez-
vous déformais de cette erreur ?
Il faut la rejetter ; il faut fonger
à vivre & donner à la vertu toutes les forces de votre ame que
l'amour avoit ufurpées. J'attends
de vous cette victoire : mais fi

vous trompez mon espérance,
vous couvrirez mes cheveux
blancs d'un deuil éternel, & vous
aurez fait un malheureux de plus.

LETTRE LX.

THÉRESE à CONSTANCE.

ET toi auſſi tu m'abandonnes ! le ſeul être qui pouvoit m'entendre eſt loin de moi ! O ma chere Conſtance ! pourquoi m'as-tu quittée ? Hélas ! les malheureux ſont ſeuls ; l'air qui les environne eſt empeſté ; tout s'en éloigne : mais toi ! toi , ma fidelle amie ! devois-tu me laiſſer en proie à mes bourreaux , livrée à tout ce que la tyrannie a de plus barbare ? Je ne ſuis plus au monde ; une priſon , des menaces , des perſé-cutions , des larmes , voilà le partage affreux de mes jours & de

mes nuits ! Eh , grand dieu ! faut-
il que parmi tant d'horreurs, cette
image adorée me pourſuive encore ! O Faldoni ! Faldoni ! qu'a-
vez-vous fait ? pourquoi m'avez-
vous aimée ? J'étois tranquille ,
heureuſe ; mes jours s'écouloient
dans la paix de l'innocence : vous
avez porté dans mes entrailles
l'ardeur qui les conſume ; vous
êtes venu comme un incendiaire
embrâſer un cœur trop ſenſible ;
vous avez troublé mon eſprit ,
égaré ma raiſon, bouleverſé mes
ſens , & me voilà perdue ! un feu
dévorant court dans mes veines.
Un délire fougueux me tranſporte.
Devoir , religion , ſageſſe , tout
me manque à la fois. Où fuirai-je
loin de vous ? Ces parens cruels

ont étouffé la voix du fang ; ils
m'ont traitée comme la fille de
l'étrangere ; ils m'ont repouffée
de leurs bras. Les infenfés ! en
croyant vous nuire, ils vous fervoient ; ils m'auroient forcée de
vous aimer fi j'avois pu balancer.
Et cette tendre mere ! hélas ! elle
ne vit plus ; elle n'effuyera plus
mes larmes ; fa voix confolante
n'ira plus chercher au fond de
mon cœur un refte de joie. Ah !
fi elle favoit ce qu'on me fait
fouffrir , fi elle entendoit mes
plaintes , je la verrois fortir de
fon tombeau pour me défendre :
elle iroit fecouer fon linceuil fur
la couche où elle me donna le
jour, & porter le remord dans
l'ame de mon perfécuteur. On a

renvoyé ma pauvre Defchamps ?
elle m'aimoit trop ; il me faut des
furveillans qui ne me ménagent
point ! on a placé près de moi
une fille qui ne me quitte pas
plus que mon ombre. Je prends
pour t'écrire le temps de fon fommeil ; & pour te faire tenir ma
lettre , il me faudra recourir à
mille petits moyens : j'ai honte
en vérité de tous ces vils myfteres ! voilà pourtant à quoi je fuis
réduite ! Ma chere Lolotte qui
me confole & me fert de toute
fon ame , eft parvenue à gagner
le vieux Concierge : ce bon-
homme s'eft chargé de mes com-
miffions. S'il faut te l'avouer,
mon amie , je fens que je n'en
aurai pas long-temps befoin : ils

ont épuifé fur moi la coupe de
la douleur. Depuis ton départ,
j'ai vu tant de fois la mort que
j'y fuis accoutumée. Mais ce pauvre délaiffé ! que devient - il ?
comme il doit fouffrir ! Je ne
lui écris plus ; je n'entends plus
parler de lui. O ! coufine ! quel
ami j'ai perdu ! avec quelle tendreffe il aimoit ! où trouver des
cœurs comme le fien ? Non, non ;
il n'en faut pas chercher. Nous
étions fi prés du bonheur ! quels
projets nous faifions pour l'avenir !
quel brillant horifon s'offroit à
nos efpérances ! La mort eft ve-
nue ; elle a foufflé fur ces fantômes, & l'enchantement a difparu ! Le monde ne m'offre plus
qu'un défert couvert de ruines ;

là c'étoit un palais, ici des jar-
dins ; on foule des tombeaux ;
on paſſe à travers des ronces &
on arrive par des chemins affreux
aux bords d'un vaſte abîme où
tout va s'engloutir. Eh bien ! cet
abîme, il eſt tout près ; je le vois ;
j'y touche, & je ne ſais quel mouvement inconnu me pouſſe à m'y
précipiter. Je roule dans ma tête
les deſſeins les plus noirs.... Hélas ! quand je quitterois le monde,
ma place ſeroit bientôt remplie.
On ſerre les files, a dit quelqu'un, & il n'y paroît plus. Mon
pere va partir pour Paris ; il me
laiſſe entre les mains de ma
duegne, & dans un mois il ame-
nera l'odieux perſonnage qui doit
m'acheter. Mais crois-moi, chere

coufine ; ce mariage ne fe fera
pas ; c'eſt un point immuablement
arrêté dans mon ame : il y a dans
ce mois une infinité d'inſtans qui
peuvent produire des événemens
inattendus. Il me feroit impoffible
de fuir ; je fuis renfermée dans ma
chambre , & je n'en fors que pour
aller à la meſſe ; encore y fuis-je
gardée. Cependant quand j'aurois
la liberté de m'échapper , je fens
que je ne pourrois m'y réfoudre ;
l'opprobre me fuivroit , & je
tiens du moins à la vie par le
fentiment de l'honneur : mais le
pis aller feroit de mourir. Eh ,
mon dieu ! ils n'ont pas beaucoup
à faire pour m'achever.

LETTRE.

LETTRE LXI.

FALDONI à THÉRESE.

IL faut que je vous écrive ; il
faut que mon cœur se soulage ; ce
sont les derniers mots que j'oserai
vous adresser : ne me faites pas
un crime de violer votre défense ;
les malheureux font excusables :
on m'a tout ravi ; il ne me reste
que des plaintes ; elles me font
bien permises ! Il fut un temps
où les expressions de l'amour cou-
loient de ma plume avec une douce abondance. Mon ame enchan-
tée ne créoit alors que des images
riantes ; la joie animoit mes pen-
sées, & le sentiment de mon bon-

Tome II.　　　　　I

heur fe répandoit fur mes lettres.
Aujourd'hui je ne fuis plus le
même ; je ne fuis plus cet amant
fortuné que vous attiriez jufqu'à
vous ; mon empire eft fini ; mon
trône eft tombé ; c'eft du fein de
mon néant que je vous fais entendre une humble voix. O Thérefe !
eft-ce vous que j'aimois ! eft-ce
moi qui étois tout, & qui ne fuis
plus rien ! affreufe révolution !
je mefure avec horreur l'efpace
que j'ai franchi ; je me compare
à l'ange de ténébres précipité du
ciel. De quelle région charmante
je fuis revenu ! que d'illufions dé-
truites ! je les ai revus tous ces
lieux que vous embelliffiez ; je
leur ai dit mes derniers adieux ;
je me fuis profterné fur la terre

que vous aviez foulée ; je l'ai bai-
fée en fanglottant, & je me fuis
écrié : ô terre ! je ne te verrai
plus !.... Il va donc vous facrifier
ce pere barbare ! il vous vendra
au poids de l'or ! Cette monf-
trueufe union doit fe confommer,
& moi, je la verrai d'un œil tranquille ! & je n'invoquerai pas toutes les foudres du ciel contre un
hymen formé au mépris des en-
gagemens les plus facrés ! Non !
que l'enfer s'ouvre pour les engloutir les profanateurs de nos
fermens ! que le feu confume
jufqu'à leurs traces ! Mais, Thérefe ! tu ne peux pas le fubir cet
hymen ; tant que je vivrai, tu ne
le peux pas : ta foi m'eft engagée ;
le ciel & la terre le favent. At•

ténds que je fois mort ; attends
que ma pouffiere foit abandonnée
aux vents , & qu'ils l'emportent
avec les fermens que tu m'as faits !
je ne tarderai pas long-temps à te
rendre libre. Vivrai - je en effet ,
pour voir un pere indigne de ce
nom figner ton malheur , & le
plus vil mortel paffer dans tes
bras? vivrai-je pour aller végéter
dans le fond d'un défert , avec un
cœur défféché , une ame fans ref-
fort, des fens flétris , & une jeuneffe ufée par la douleur ? Fati-
guerai-je le ciel de mes plaintes
& les hommes du récit de mes
maux? Le ciel m'a délaiffé : les
hommes n'écoutent gueres l'infortuné ; ils ont bien autre chofe
à faire ! le temps que je leur dé-

roberois feroit pris fur leurs plaifirs , & ils font preffés de les
goûter. A quelle porte irai-je frapper pour trouver le bonheur? faut-
il encore le mendier pour quelques miférables jours, & faire
baffement ma cour à la deftinée ?
Non , mon amie ! je l'ai réfolu ;
je veux mourir. Je veux fortir de
ce monde odieux où les diftinc-
tions, les honneurs , les rangs,
les richeffes, l'eftime, la renom-
mée font pour le vice ; où l'honnête homme fe traîne dans la boue
& cache fous des haillons une
ame immortelle. Quand le génie
de Brutus ou de Caton refpireroit
dans un corps vulgaire, fi la fortune ne le porte fur fa roue , il
vivra méprifé , pauvre, obfcur,

& mourra dans l'oubli. Il faut fe
plier pour monter ; il faut s'avilir
pour briller ; il faut avec un front
d'airain porter un cœur de glace.
Travaillez ! fuez ! amaffez de l'or !
faites-vous riches ! & qui ofera
vous reprocher d'avoir opprimé
la veuve & l'orphelin , d'avoir
bu le fang du peuple & bravé
fes cris ? Qui faura que vos premiers pas vous ont couvert d'opprobre , & que vous rampiez devant les idoles de jour ? vous voilà
fur le faîte , & vos dédains vous
vengent de ceux qu'il vous a fallu
dévorer ! Non, non, j'aime mieux
mourir que de voir des atômes
enflés de vent s'élever fur ma tête
& me fouler aux pieds. Qui font
donc ces orgueilleux reptiles, &

qu'eſt-ce qu'un quidam ? c'eſt un lâche inconnu à la vertu & qui n'a d'autre enſeigne à ſa porte que les armoiries de ſes ancêtres. Ce qui me conſole , c'eſt que leurs titres ne les ſuivront pas au tombeau ; ils y deſcendront nuds & pauvres comme moi, & c'eſt alors que j'aurai le plaiſir de me placer au-deſſus d'eux. Le monſtre qu'il eſt ! n'oſe-t-il pas dire que je vous déshonore ! Ah ! tout mon ſang bouillonne ; je frémis ; je brûle de rage & je ſerois tenté d'aller lui déchirer le cœur ! mais ce monſtre eſt ton pere.... O Théreſe ! pourquoi faut-il qu'il ſoit ton pere ?.... & vous voulez que je vive ! vous voulez que je reſpire le même air que lui ! Reſ-

terai-je ſur une terre qui le ſup-
porte? Attendrai-je qu'il l'ait dé-
livrée de ſon fardeau pour être
heureux? Vain eſpoir! il vieillira
le barbare, & vous languirez encore dans les fers de ce tyran,
quand un lit de pierre péſera depuis long-temps ſur le corps de
votre ami. Que puis-je faire au
monde? Je ne ſuis ni intrigant,
ni flatteur, ni fourbe, ni méchant;
mon cœur eſt ſur mes levres; mon
pied tremble d'écraſer un inſecte;
un atôme ſouffrant me fait gémir;
je ne rencontre pas un infortuné
que le ſentiment de ſes maux
ne vienne fondre ſur mon ame;
je me crois le plus petit des hommes, & j'oſe à peine commander
au valet qui me ſert. Avec ce ca-

ractere, il faut fuir le genre humain & fe fauver dans les rochers du nouveau monde : mais c'eft un pays que j'ai vu ; je n'y retournerai plus : j'y marcherois fur le tombeau de mes bienfaiteurs, & j'irois ajouter des regrets à des regrets. Eh ! quel eft le défert, quel eft le climat fi lointain qu'il puiffe être, où je ne porte la plaie fanglante que tu m'as faite ! Beauté chere & terrible ! image d'un Dieu bienfaifant & févere ! tourment, délice, enchantement de mon cœur ! ange ou divinité que j'adore ! Toi, mon amante, ma compagne, mon époufe ! tu peux me dire de t'oublier ! tu me défends de te voir & de t'écrire ! tu me chaffes loin de toi, & tu veux que

I 5

je vive ! Ah cruelle, cruelle Thérefe ! impitoyable amie ! je ne te
verrai donc plus ! je ne te parle-
rai plus ! tu cefferas d'exifter pour
moi ! O douleur ! ô défefpoir ! ô
fureur qui me tranfporte ! va !
laiffe-moi finir ma miférable vie !
laiffe -moi mourir en pleurant
l'inftant où je t'ai connue ! laiffe-
moi verfer des larmes de fang fur
ces écrits doux & trompeurs où
tu me peignois ton amour ! Les
voilà ces lettres brûlantes ! rien
ne peut m'en féparer : je les tiens
fur mon cœur : je les couvre de
baifers : je les conjure d'être fi-
deles à leur promeffe : je répete
avec elles ces paroles fi tendres ;
» toi qui me fus cher & qui me
» le feras jufqu'au dernier fou-

» pir.... » & vous ajoutez : « ne
» foyons plus rien l'un à l'autre ! »
Ah ! vous ne pouvez ceffer de
m'aimer qu'en ceffant de vivre.
Il vous feroit impoffible de porter
à d'autres une foi qui m'appartient. Le ciel, la terre, toute la
nature s'écrouleroit plutôt que de
vous voir changer. Je connois bien
votre ame : l'inconftance & la
perfidie n'y peuvent entrer : elle
eft au-deffus des variations de l'humanité ; elle eft immuable comme
Dieu même ; elle n'a comme lui
qu'une penfée qui embraffe tous
les temps , & je me flatte d'en
être l'objet. Oh ! mourons , ma
chere Thérefe ! mourons enfemble ! il me fera doux, en quittant
la terre , de ne pas vous y laiffer.

I 6

O ciel ! concevez notre bonheur !
plus de perſécutions ! plus d'obſtacle ! un Dieu protecteur de l'innocence & bienfaiteur des hommes ! le pere commun de tous les
êtres qui fera grace à nos foibleſ-
ſes, & ſera touché des maux que
nous avons ſoufferts ! O mon amie !
nous la reverrons cette tendre
mere que vous pleurez ; elle nous
conduira aux pieds de l'éternel,
& réclamera pour nous ſa bonté
ſouveraine : elle lui préſentera ſes
enfans qui n'ont pu trouver d'aſyle
ſur la terre, & qui ſont venus ſe
refugier auprès de lui. Ce grand
Dieu, ce Dieu de clémence pour-
roit-il nous faire un crime d'avoir
hâté le moment de retourner dans
ſon ſein ? Non, ma Théreſe ; un

crime eſt une action contraire à
l'ordre : mais nous ne ferons de
mal à perſonne ; nous gliſſerons
ſans bruit dans la tombe, & nous
ne laiſſerons aucun vuide : tout
n'en ira pas moins ſuivant le
branle ordinaire ; les méchans
n'en feront pas moins oppreſſeurs ;
les bons n'en feront pas moins
victimes. Dieu nous punira, di-
ſent-ils ! Dieu punira les hommes
cruels, les parens tyranniques :
mais nous hélas ! qu'avons-nous
fait pour ſubir ſes vengeances ?
En nous aimant, nous rempliſ-
ſions ſa volonté ; nous nous laiſ-
ſions doucement aller au penchant de la nature, & nous ſe-
mions notre route de quelques
fleurs ; nos jours étoient pleins

de l'Être fuprême ; nous l'appel-
lions dans la jouiſſance de nos
plaiſirs ; nous aimions à ſentir,
à penſer, à parler en ſa préſence.
Combien de fois dans des momens
de félicité, n'avons-nous pas élevé
juſqu'à lui nos vœux reconnoiſ-
ſans? Nous le béniſſions de notre
amour ; il recevoit nos ſermens ;
il étoit témoin de notre foi mu-
tuelle ;..... oui , cròyez - moi,
Thérefe ! il les a reçus nos ſermens , & ſi vous les trahiſſiez, il
n'y auroit plus pour vous de paix
ni de bonheur : vous ſeriez à jamais tourmentée du ſouvenir de
votre ami : ſon ombre pâle &
ſanglante, au milieu de vos triſtes
nuits , viendroit vous faire entendre le cri de ſa douleur : vous la

verriez errer autour de vous dans
les fombres vapeurs de l'automne,
aux clartés de la lune, & près
de votre couche nuptiale : la
frayeur vous arracheroit des bras
de votre vil époux.... de ce lâche
qui s'obftine à pourfuivre un cœur
qu'on lui refufe..... Ah ! ce nom
feul réveille toute ma rage. ...
adieu ! je veux mourir ! mais toi !
vis ! vis pour le bonheur du monde ! vis pour conferver fur la terre
l'image de la vertu : fi tu meurs,
où fera-t-elle ? O mon amie !
quelle barbarie à moi d'ofer vous
propofer de me fuivre ! c'étoit
l'amour, la jaloufie, le défefpoir
qui me faifoit parler : vous, parée
de tous les dons de la nature,
chere à toute une ville, l'idole

& l'appui des malheureux, dans
la fleur de l'âge, vous confentiriez
de mourir avec moi ! Ah ! pardon !
la douleur m'égare ; ma main
court fur le papier comme une
infenfée ; je pleure ; je m'écrie ;
je me leve ; je marche en furieux ;
je reprends la plume, & chaque
mot eft baigné de mes larmes.
Adieu ! adieu ! mon amie ! je pars ;
je m'en vais devant vous ; j'irai
vous attendre, & je fuis sûr de
vous revoir.

LETTRE LXII.

THÉRESE à FALDONI.

Vous croyez donc que nous nous réunirons dans cette nuit obfcure & terrible !.... Eh bien, mon ami ! venez, & nous mourrons enfemble. Comment pourrois-je confentir à vous laiffer aller feul, moi qui ne chériffois la vie que pour vous ! Hélas ! tu fais que j'aurois voulu l'employer à faire ton bonheur ! O mon bien aimé ! viens, je t'attends, & je fuis prête à te fuivre : avec toi, je confens d'être à jamais malheureufe ou fortunée. Que m'importe mon fort dès que je parta-

gerai le tien ? pourrions-nous être
ailleurs plus misérables que nous
le sommes ? Si nous souffrons, du
moins nous ne nous quitterons
plus. Mais pensez-y mûrement !
je n'examine point si nous com-
mettons un crime, si ce crime
outrage la nature & les loix, s'il
nous expose à d'éternelles douleurs : suis-je en état de rien voir ?
Ma foible raison m'a quittée ; elle
me quitta quand j'ouvris mon
cœur à l'amour : il me restoit
encore un peu de sens & de lumiere ; mais les maux ont achevé
de me l'ôter. Je ne vois plus qu'un
pere menaçant, & l'affreuse union
qu'il me destine , & vous , mon
ami, & l'excès de votre infortune,
& la foi que je vous ai promise :

toutes ces idées me jettent dans
la fievre du délire. Comment
échapper à mon fort ? Si j'étois
feule malheureufe ! Mais l'être
avec vous, mais ajouter le parjure
à ma mifere ! je n'y pourrois furvivre ; je mourrois plus tard, &
nous ne ferions plus enfemble.
Qu'eft-ce que dix ou vingt ans de
plus fur ma tête ? ils font courts
pour le bonheur ; mais qu'ils feroient longs pour la peine ! O
mon ami ! j'ai toujours regretté
de n'avoir pu m'unir à toi. De
quel amour j'aurois payé le tien !
dans quelle harmonie célefte auroient coulé nos jours ! Non, tant
de félicité nous eût fait goûter
fur la terre la condition des anges, & nous ne devions pas l'ef-

pérer. Qu'ils vivent donc ces hommes cruels dont nous sommes les victimes ! qu'ils vivent, & puissent-ils jouir de tous les biens qu'ils nous ravissent ! Ce sont les vœux que je fais en les quittant ! Veuille aussi ce Dieu de bonté que nous offensons peut-être, avoir pitié de nous ! Je le conjure de nous faire grace ! je lui demande à genoux de laisser arriver jusqu'à nos levres ce calice d'amertume qu'il a bu lui-même, & de pardonner à la fragilité humaine de rejetter loin d'elle un fardeau qui l'accable.... Adieu, mon ami.... adieu ! je vous reverrai donc une derniere fois !.... Ce sera Dimanche. Mon pere est absent : mais il va revenir, & l'oc-

cafion pourroit ne plus s'offrir.
Venez à huit heures, à la meffe
de la Chapelle : ayez foin de vous
déguifer pour n'être pas reconnu,
& de vous cacher dans la foule
des villageois : je ferai dans la
tribune ; je laifferai fortir tout le
monde ; j'éloignerai nos gens ;
& alors.... ô mon cher Faldoni!....
fonge à cette féparation redoutable qu'un avenir plus affreux peut
fuivre encore ! O mon dieu ! fi
nous ne devions plus nous voir !
fi un filence éternel, une nuit
immenfe alloit nous envelopper
fans retour ! fi l'adieu que je te
dirai en recevant de toi le coup
de la mort, étoit le dernier !
Cette penfée me glace d'effroi!...
Allons! foutenons notre courage !

Ils nous verront les barbares qui
nous perfécutent ; ils nous verront
frappés l'un par l'autre ; ils verront
les ruiffeaux de notre fang couler
& fe confondre ; ils gémiront d'en
être caufe, & le remord les faifira.

LETTRE LXIII.

La Femme-de-Chambre de Thérese, au Comte de Saint-Cyran.

Monsieur,

J'ai à vous annoncer un grand malheur. Mademoiselle Thérese & M. Faldoni se font tués ce matin dans la Chapelle. Je suis si troublée que je ne sais comment vous faire ce récit. O Monsieur ! quel désastre, & qui est-ce qui auroit pu le prévoir ? Mademoiselle paroissoit si tranquille ! hier samedi, elle distribua, suivant sa coutume, quelqu'argent aux pauvres du village, & elle leur disoi-

de prier pour elle. On lui pré-
senta deux petits enfans qui étoient
orphelins ; elle les plaça chez le
Concierge, lui recommanda de
les élever & promit de payer leur
penſion. Il vint une vieille femme
chargée d'une nombreuſe famille,
& dont le mari avoit été mis en
priſon pour une cauſe très-légere :
elle écrivit elle-même à M. le
Bailli pour demander ſa grace :
elle ſe retira enſuite dans ſon
appartement. Comme Monſieur
m'avoit défendu de la quitter, je
la ſuivis : elle fut deux heures à
faire des lettres, & deſcendit
quand on ſonna le dîner. Elle
trouva M. le Vicaire à qui elle
parla long-temps en particulier.
M. le Vicaire nous a dit aujour-
d'hui

d'hui qu'elle lui avoit remis alors une fomme de vingt-cinq louis pour la diftribuer dans la paroiffe. En vifitant fon bureau qu'elle a laiffé ouvert, nous avons reconnu que c'étoit tout l'argent qui lui reftoit. Pendant le dîner, on obferva qu'elle changeoit fouvent de couleur. M. le Chapelain la trouva diftraite : elle rêvoit profondément ; puis, tout-à-coup, elle s'agitoit comme pour rappeller fes efprits. Elle ne mangea qu'un peu de crême. Quelqu'un ayant parlé d'un homme qu'on avoit tué fur le chemin de la forêt, elle pâlit & friffonna : mais cette émotion ne parut point étrange, parce qu'on l'avoit vu s'affecter fouvent jufqu'aux larmes

à de pareils récits. On préfumoit
que cet homme s'étoit battu en
duel, parce qu'on ne l'avoit point
volé : il avoit la poitrine percée,
& fon épée étoit auprès de lui.
L'entretien fut long-temps fur
cette hiftoire. Mademoifelle qui
n'avoit encore rien dit, impatien-
tée des réflexions morales de ces
Meffieurs, demanda s'il n'y avoit
pas des milliers d'hommes qui fe
faifoient tuer dans les combats,
& dont on ne parloit point. Ils
meurent pour leur Roi, ajoutoit-
elle ; eh bien ? celui-là peut-être
eft mort pour l'honneur qui vaut
bien un Roi ; & regardant fa fœur ;
& toi, Lolotte, ne voudrois-tu-
pas mourir pour moi ? Mademoifelle Lolotte fe leva & fe jettant

dans les bras de Mademoifelle ;
oui, ma fœur, lui dit-elle, avec
l'expreffion la plus tendre ; oui,
je vous donnerois tout mon fang,
fi vous le demandiez. Mademoifelle la repouffa doucement de
fes bras, & dit en détournant la
tête pour pleurer ; tu es une petite
folle ! & elles s'embrafferent.
M. le Chevalier avoit dîné dehors, & l'après-midi, il fit feller
fon cheval pour aller paffer quelques jours à Lyon. Ses piftolets
avoient été placés fur une table,
dans le fallon : Mademoifelle y
entra & les trouva ; elle en prit
un, & demanda froidement à M.
fon frere comment on fe fervoit
de cette arme. Il lui montra des
balles & de la poudre : elle refta

quelques minutes à les regarder
fixement ; puis d'un air tranquille,
elle porta le bout du piftolet fur
fon front : n'eft-ce pas ainfi, dit-
elle, qu'on prend congé de la vie?
Fi donc, lui dit M. le Chevalier,
on croiroit que tu veux nous quitter ! Si cela étoit, reprit-elle toujours avec le même ton, je laif-
ferois bien des gens étonnés !
Elle le feroit comme elle le dit
au moins : & il continua de plai-
fanter. Comme il alloit monter à
cheval , ne veux - tu pas que je
t'embraffe, dit-il à Mademoifelle?
Il la ferra tendrement dans fes
bras, & Mademoifelle fe mit à
fondre en larmes. Il pofa fon
fouet fur une table, prit la main
de fa fœur & la conduifant fur

un fopha, il s'affit auprès d'elle :
nous te caufons du chagrin, lui
dit-il ; mais auffi pourquoi cette
obftination ? pourquoi refufer l'é-
poux qu'on te propofe ? quelle
folie à toi de t'enmouracher d'un
inconnu ! Mon frere, répondit
Mademoifelle, vos queftions ne
font pas raifonnables : demande-
t-on à un malade pourquoi il a
la fievre ? Au furplus tout eft fini
entre nous fur ce point ; n'en
parlons plus. Je le veux, reprit
M. le Chevalier, mais tu n'en feras que plus à plaindre. Pour moi,
tu fais que je ne peux rien dans
tout cela : fi je t'ai quelquefois
tourmentée à cette occafion, je
t'en demande pardon ; embraffons-
nous ; oublions le paffé, & fais à

l'avenir tout ce qu'il te plaira :
je te promets de ne m'en plus
mêler. Cependant je ne puis
m'empêcher de t'avertir que tu
te prépares bien des peines ; car
tu connois mon pere : il eſt ab-
ſolu & il aimera mieux te voir
morte que déſobéiſſante. Mademoiſelle écoutoit, la tête baiſſée ;
elle mit le doigt ſur ſa bouche,
comme pour s'empêcher de parler : puis ſe levant, adieu donc,
mon frere ! & elle lui préſenta
ſa joue qu'il preſſa de ſes lèvres.
Quand il fut parti, elle le ſuivit
des yeux juſqu'au bout de l'ave-
nue ; puis elle rentra, & ſe remit
à pleurer. Elle reſta juſqu'au ſoir,
aſſiſe ſur la même place, & la
tête appuyée ſur ſes mains. Il

commençoit à fe former un orage épouvantable qui a duré toute la nuit. Le vent fiffloit dans les voûtes du château avec un bruit qui infpiroit la terreur ; la grêle frappoit contre les fenêtres ; on entendoit le mugiffement des montagnes éloignées. Nous étions tous rangés auprès du feu : on propofa des jeux ; on folâtra ; on rit, & on oublia l'orage. Mademoifelle étoit de notre partie : elle eut un gage à payer, & on lui commanda de déclarer à quoi elle penfoit : elle répondit, à demain. Nous ne fîmes pas d'attention à ce mot, & le jeu continua gaiment. Elle ne voulut pas fouper, & fe retira de bonne heure dans fa chambre. Quand je mon-

K 4

tai, elle lifoit ; je lui demandai
fi elle vouloit fe coucher : elle
me répondit qu'elle ne s'en fou-
cioit pas, que l'orage l'empêche-
roit de dormir, & qu'elle aimoit
mieux refter levée jufqu'à ce qu'il
eût ceffé. Mademoifelle Lolotte
vint frapper à fa porte, difant
qu'elle avoit peur d'être feule.
Quand elle fut affife, elle conta
à Mademoifelle qu'en traverfant
la cour fans lumiere, elle avoit
vu un revenant, qu'il étoit couvert d'un long voile, qu'elle croyoit
avoir reconnu fa bonne maman,
que le fantôme s'étoit élevé en
l'air comme une vapeur, & avoit
été fe perdre du côté du cime-
tiere. Mademoifelle fourit de fa
frayeur, & elle pleuroit en même

temps au souvenir de Madame.
Aurois-tu bien de l'effroi, dit-
elle, si quelque nuit mon spectre
alloit aussi te surprendre ? Oh !
c'est tout différent, reprit Mademoiselle Lolotte ; vous n'êtes
point morte , & puis, tenez ma
sœur , sous quelque forme que
vous veniez, vous serez toujours
bien reçue : car vous êtes si bonne,
que vous ne pourriez jamais me
faire de mal ! Eh bien, ajouta
Mademoiselle, attends-moi demain ; entends-tu ? demain, à
cette heure-ci. Oui, oui, disoit
sa sœur ; vous viendrez dans ma
chambre, me rendre la visite que
je vous fais ; & elle se mit à la
caresser. Donne-moi ma harpe,
dit Mademoiselle ; il y a un air

qui me roule dans la tête depuis
une heure ; il faut que je le chante.
Elle prit sa harpe, & chanta une
romance fort triste ; elle répéta
plusieurs fois le couplet suivant :

Vivons, mourons l'un pour l'autre ;
Il ne faut plus nous quitter :
Qu'un seul trépas soit le nôtre :
Qu'aurons - nous à regretter ?

Elle laissoit tomber quelques larmes en chantant ces paroles, &
sa sœur s'empressa de les essuyer.
La vilaine chanson que voilà, lui
dit-elle ! vous êtes bien en train
de pleurer, ma sœur ! vous ne
vous plaisez que dans des idées
affligeantes ! Mademoiselle l'in-
terrompit : veux-tu passer la nuit
avec moi ? tu te leveras plus tard.

Oui ! dit Mademoiselle Lolotte ;
& la messe qu'on dit à huit heures ! ne faut-il pas l'entendre ? A
ce mot de messe, Mademoiselle
se leva brusquement, & elle mar-
choit à grands pas dans sa chambre. Eh bien, dit-elle, après quelques momens ; allez-vous-en, ma
chere amie, allez ! j'ai besoin
d'être seule. Sa sœur s'en alloit :
elle la rappella : non, non, ma
petite ! reste avec moi ; reste encore un peu ; nous ne serons pas
toujours ensemble ; & les larmes
rouloient dans ses yeux. Je t'en-
verrai coucher de bonne heure,
afin que demain tu sois prête pour
la messe. — Mais, ma sœur, vous
n'y serez donc pas, vous , si vous
passez la nuit ? car il faudra bien

dormir le matin. — J'y ferai, ma chere! oh! certainement, j'y ferai! & puis, comme tu dis, je dormirai le matin. A ces mots elle recommença à frédonner la romance, en tirant quelques fons de fa harpe. Mais ne frappe-t-on pas, dit-elle? j'entends du bruit à la porte. C'étoit le vent qui fouffloit. Mademoifelle Lolotte friffonnoit déja, car la crainte du revenant ne la quittoit point : voilà, difoit-elle, une terrible nuit! Oui, répondit Mademoifelle ; il y a des jours qui ne le font pas moins ! L'orage ayant ceffé à deux heures, Mademoifelle renvoya fa fœur après l'avoir embraffée cinq ou fix fois : elle fe coucha & s'affoupit. Ce matin

je suis entrée chez elle à six heures pour l'habiller ; elle m'a demandé sa robe blanche de satin
des Indes : je lui ai dit qu'elle
avoit gardé cette robe pendant
tout le printemps, & une partie
de l'automne, & qu'elle n'étoit
plus portable. C'est une fantaisie,
a-t-elle dit ; je veux la mettre
encore une fois. Elle ne cessoit
de jetter les yeux sur sa montre:
elle a ouvert la fenêtre : il faisoit
encore nuit ; le temps s'étoit
éclairci, & l'on voyoit briller les
étoiles. Elle s'est appuyée contre
la croisée, & a tenu la vue fixée
sur la plaine : elle marquoit un
peu d'émotion, quand elle entendoit les pas de quelques voyageurs. Elle s'est promenée dans

ſa chambre ; elle s’eſt aſſiſe ; elle
a fait faire du feu, a pris un livre,
l’a quitté ſur le champ , a fait
ſervir ſon déjeûner , s’eſt levée
ſans y avoir touché , & s’eſt re-
miſe à la fenêtre où elle a regardé
les premieres approches de l’aurore. Tout cela ſe paſſoit en ſilence : elle ne parloit que pour
me donner ſes ordres. Quand le
premier coup de la meſſe a ſonné,
elle a pâli ; elle s’eſt fait apporter
un verre d’eau , & ſa main trembloit en le prenant. J’imaginois
bien qu’elle étoit fortement occupée de quelqu’idée extraordi-
naire , & je me promettois de la
ſurveiller exactement pendant la
journée. En rapprochant les cir-
conſtances de la veille , je me

confirmois dans ce projet : mais
je n'aurois jamais pensé que j'en
eusse un besoin si pressant. Au
dernier son de la cloche, je l'ai
conduite à la Chapelle : elle a
d'abord jetté un coup-d'œil sur
l'assemblée, & n'a plus levé les
yeux de dessus son livre. Après la
messe, elle m'a dit qu'elle avoit
encore quelques prieres à finir,
& m'a chargée de ramener sa
sœur, ajoutant qu'elle prendroit
le bras d'un domestique pour s'en
aller. Tout le monde étoit sorti,
& je m'inquiétois de ne pas la
voir revenir : j'avois recommandé
qu'on ne s'éloignât point, & les
gens causoient, en l'attendant,
avec des fermiers du village ras-
semblés devant la porte de l'Église.

Tout-à-coup j'entends des cris
affreux ; j'entends dire : Mademoifelle eft morte ! & ces mots rouloient comme un tonnerre dans
la maifon. Un domeftique vient à
moi ; il ne peut parler : j'arran-
geois la coëffure de Mademoifelle
Charlotte ; je la quitte & je m'é-
lance à travers la cour : c'étoit
une confufion épouvantable ; on
alloit de côté & d'autre ; on fe
poufloit ; on crioit ; on pleuroit :
j'interrogeois ; perfonne ne pouvoit me répondre. Je trouve un
vieux domeftique qui étoit renverfé par terre & qui s'arrachoit
les cheveux ; je lui parle ; il me
montre l'Églife ; je cours ; je me
jette au milieu de la foule qui
afliégeoit la porte ; j'arrive jufqu'à

l'autel.... O Monsieur ! ô mon
maître ! quel objet ! je vois ma
maîtresse ; je la vois étendue sur
le marche-pied de l'autel, la tête
appuyée sur les genoux de M.
Faldoni qui étoit couché sur le
côté, & enveloppé dans un man-
teau. Chacun d'eux avoit un pis-
tolet attaché au poignet du bras
droit par un nœud de ruban : ils
étoient sans doute convenus d'un
signal pour tirer les deux coups
au même instant. Mademoiselle
avoit l'épaule cassée, & respiroit
encore. M. Faldoni avoit le cœur
percé. Comme j'entrois, Mademoiselle Charlotte accourt ; on
veut l'écarter : mais elle se débat
avec violence & arrive jusqu'auprès de sa sœur. Ah ! si vous l'aviez

vue ! si vous aviez vu cette pauvre
enfant ! elle a ouvert les bras, &
elle est tombée sans mouvement
sur le corps de Mademoiselle.
On s'est empressé de la secourir :
quand elle a repris ses sens elle
a jetté des clameurs épouvanta-
bles ; elle crioit, on a tué ma
sœur ! on a tué ma sœur ! elle
colloit sa bouche sur la sienne,
& elle versoit un déluge de larmes. On a voulu l'éloigner de ce
corps sanglant ; il a été impossible
de l'en arracher ; elle l'avoit en-
trelacé dans ses bras ; elle nous
repoussoit avec ses pieds, & disoit qu'elle vouloit mourir avec
sa sœur. Ma maîtresse donnoit
quelques signes de vie : le Chi-
rurgien est accouru ; mais ses soins

ont été vains : elle a entr'ouvert
les yeux ; on voyoit qu'elle s'ef-
forçoit de parler ; elle a même
foulevé une main qu'elle a laiſſé
retomber ſur le champ : il lui eſt
échappé un foible murmure , &
elle a rendu le dernier ſoupir ſur
les lèvres de ſa ſœur. On ne pouvoit parvenir à repouſſer la foule ;
elle groſſiſſoit à tout moment.
Un jeune homme a pénétré juſqu'à nous : c'étoit celui que ma
maîtreſſe avoit marié vers la fin
de l'été : il s'eſt mis à genoux
devant elle , a baiſé une de ſes
mains, l'a portée contre ſon cœur,
& s'eſt retiré en ſanglottant. Nous
étions dans le plus grand embar-
ras , quand M. le Chevalier eſt
arrivé : il a fait ſortir tout le

monde & fermer la Chapelle. Un domeftique a mis des chevaux à une chaife, & eft allé chercher M. le Curé. Mon dieu ! que va-t-il dire quand il faura la mort de fa filleule ! c'eft une défolation ! par-tout on n'entend que des fan-glots : tous ces payfans dont elle foulageoit la mifere, viennent fe mettre à genoux à la porte de l'Églife, & ils pleurent en levant leurs mains vers le ciel. Les me-res, les enfans, les vieillards, tout eft profterné : la cour paroît comme un temple : jamais je n'ai rien vu de plus touchant.

Le lundi.

M. le Curé eft arrivé hier au foir ; il a beaucoup pleuré : il dit

que ce coup le fera mourir : il
ne ceſſe d'appeller ſes enfans : il
a paſſé la nuit auprès d'eux à prier
& à gémir. Ils ſont expoſés dans
la ſalle baſſe : M. le Curé vou-
droit qu'ils fuſſent mis dans le
même cercueil ; mais M. le Chevalier n'y conſent pas. La foule
eſt toujours la même ; on entre
dans la ſalle par une porte , &
on ſort par une autre. Il n'a pas
été poſſible de refuſer cette grace
à tant de pauvres gens qui ne vou-
loient que voir un inſtant leur
bienfaitrice. Nous ſommes tous
plongés dans la douleur. Mademoiſelle Charlotte eſt au lit avec
une fiévre ardente. M. le Curé a
de la peine à ſe ſoutenir ; il répete
toujours qu'il ne vivra pas long-

temps ; il eſt aſſis auprès des deux
corps qui ſont ſur un lit élevé :
on leur a laiſſé leurs habits. Il
regne dans la maiſon un ſilence
morne : on n'entend que le ſiffle-
ment du vent qui court dans toutes les chambres. On diroit que
la mort a traverſé les apparte-
mens ; c'eſt une ſolitude affreuſe ;
hors la ſalle baſſe où il y a une
circulation de monde perpétuelle,
tout eſt déſert. On n'a point dîné ;
perſonne n'y ſongeoit.

Le ſoir.

Il eſt venu de l'Officialité une
défenſe de les inhumer en terre
ſainte : on murmure beaucoup de
cet excès de rigueur. Ils ſeront
portés dans un bois de ſaules qui

eft à une demi-lieue d'ici.... je
viens de rendre les derniers devoirs à ma maîtreffe. O Dieu ! ayez
pitié d'elle ! j'ai pleuré en la cou-
vrant de fon linceuil , & le cœur
m'a manqué. Si douce, fi charmante , & dans la fraîcheur de la
jeuneffe ! fes traits étoient encore
beaux, malgré la mort violente
qu'elle avoit foufferte. Sa joue
s'étoit pofée fur mon épaule, &
avoit un peu de couleur. J'ai ofé
la baifer, & je lui ai dit adieu avec
un ferrement inexprimable. M. le
Chevalier, en la voyant fur fon
lit, fondoit en larmes : il difoit
qu'il fe rappelleroit éternellement
l'union de leur enfance & leurs
premieres tendreffes. Il a coupé
une boucle de fes cheveux, &

s'eſt retiré pour donner un libre cours à ſa douleur.... Hélas ! voilà qui eſt fini ! nous ne la verrons plus ! ſa nourrice eſt ici ; elle crie : moi qui l'ai vu naître ! qui l'ai nourrie de mon lait ! & elle ſe frappe le ſein ; ſa douleur arrache des larmes à tous ceux qui la voyent.

Mardi matin.

Le château eſt déſert ; il n'y a plus ici que les femmes. Nous nous ſommes renfermées pour pleurer ; j'ai les yeux inondés : vous le verrez par l'état de ce papier. Quand on a été ſur le point d'enlever les corps, M. le Curé s'eſt approché ; pluſieurs Gentilshommes du voiſinage atti-

rés

rés par le bruit de notre malheur,
& des payfans de tous les villages
voifins, rempliffoient la falle &
les avenues. On a fufpendu les
plaintes pour écouter le vénérable
Pafteur qui a commencé d'élever
fa voix. Il a dit en parlant de fon
ami, qu'il avoit mérité l'amour
de fa compagne, & forcé l'eftime
de ceux même qui ne pouvoient
l'aimer : il s'eft étendu avec un
plaifir douloureux fur l'éloge de
fa pupille, & il a fait paffer dans
tous les cœurs l'admiration dont
il étoit plein. Il a rappellé la
douceur de fon efprit, fa géné-
rofité, fa candeur, fa piété fublime, fa paffion pour la vertu
qui lui avoit fait facrifier fon bonheur à fes principes. Il a juftifié

fon penchant pour M. Faldoni,
en difant qu'elle y avoit été autorifée par fa mere : il a nette-
ment ajouté que l'hymen auquel
on l'avoit voulu forcer , n'étoit
point fait pour elle , & qu'un jour
peut-être fa famille en feroit con-
vaincue. Vers la fin de fon difcours , fa voix s'eft animée ; fes
larmes tomboient ; il appelloit fa
fille avec l'accent de la douleur ;
il lui reprochoit tendrement de
l'avoir laiffé feul , & pofant la
main fur fon cercueil , il s'eft
écrié : vous avez vu cette fille
du ciel , cet ange fur la terre :
vous l'avez vu répandre fes bienfaits. Qui de vous en fut jamais
rebuté ? Qui de vous eut à s'en
plaindre ? S'il en eft un feul , qu'il

ſe leve & qu'il parle ! Il s'eſt fait
un mouvement dans tout l'audi-
toiré : on crioit , perſonne, perſonne ! Il a pourſuivi : n'avez-
vous pas tous éprouvé ſes bontés ,
vous , vieillards, femmes, enfans ,
pauvres , infirmes , affligés ? Ré-
pondez-moi : ne vous a-t-elle pas
nourris , conſolés , ſecourus ?....
Oui, oui ! crioient toutes les voix.
— Eh bien ! mêlez vos larmes aux
nôtres ; uniſſons nos douleurs ;
conjurons la ſuprême bonté de
pardonner à ces deux victimes un
moment d'erreur , en faveur d'une
vie entiere conſacrée par la vertu.
A ces mots, il s'eſt proſterné, &
tout le monde l'imitant, il a commencé les prieres des morts : on
n'entendoit plus que des gémiſſe-

mens au milieu de ce chant lugubre : il sembloit que chacun
eût perdu sa sœur ou son frere.
Quand le convoi s'est mis en marche au son des cloches de la pa-
roisse, & que le char funèbre a
retenti sur le pavé de la cour,
une voix plaintive est partie des
fenêtres du château : c'étoit Mademoiselle Charlotte qui avoit
sollicité la grace de voir sa sœur
pour la derniere fois ; elle lui
tendoit les bras : on l'a promptement reportée dans son lit. Ces
deux cercueils entourés de flam-
beaux, ce vénérable Prêtre qui a
voulu les suivre à pied & qui se
traînoit à peine sur son bâton, ce
cortége en deuil & tout ce peuple qui gémissoit, formoient la

fcène la plus trifte. On eft arrivé
à minuit dans le bois des faules :
nous pouvions l'appercevoir aifément de nos fenêtres , à la faveur
de ce groupe de lumieres qui ,
dans l'éloignement , faifoit pàroî-
tre le bois comme enflammé.
Les corps ont été placés dans la
même foffe , & M. le Curé l'a
bénie fans s'arrêter aux défenfes
de M. le Promoteur.

Voilà le récit fidele de ce qui
s'eft paffé ici depuis deux jours :
toute la maifon a, pris le deuil ;
mais celui que nous avons dans
nos cœurs fera long-temps porté.

LETTRES POSTHUMES

DE THÉRESE ET DE FALDONI.

LETTRE LXIV.

FALDONI au CURÉ.

Samedi matin.

COMBIEN je vous ai trompé ! qu'il m'en a coûté d'en impofer au meilleur des hommes ! Vous m'avez cru paifible : les nuages de mon front vous paroiffoient éclaircis, quand je roulois des penfées de mort ! je ne vous ai point avoué mon projet : vous l'auriez combattu par des raifons puiffantes & par votre éloquence plus forte encore que vos raifons ;

vous auriez répandu fur mes derniers inftans le trouble & l'inquiétude ; & moi j'aurois affligé
mon ami ; j'aurois vu fa douleur :
il vaut mieux fe quitter fans fe
dire adieu. C'eft la feule fois où
j'ai pu fuir vos regards. Maintenant je dépofe dans votre fein ce
fatal aveu, parce que je ne fuis
plus ; au moment où vous l'apprenez, je defcends dans la tombe;
fi pourtant les hommes qui ont
tourmenté ma vie me laiffent une
pierre pour repofer ma tête ! s'ils
me la refufent, j'implore votre
humanité. Qu'on me jette au fond
de quelque folitude abandonnée,
loin du fanatique infultant qui
fouleroit ma cendre avec dédain,
& puiffé-je y repofer auprès de

la vertueuse compagne à qui vous
vouliez m'unir ! que nos corps
foient couverts du même gazon &
protégés par le même arbre! voilà
mes vœux ; daignez les remplir !
je n'ofe efpérer que nous ferons
mis dans le même cercueil ; je
connois trop la haine de fa famille : mais ne fouffrez pas qu'on
nous fépare ! Quand la rofée du
ciel tombera fur nous dans une
belle nuit d'été, ô mon ami ! venez refpirer la fraîcheur de notre
afyle : que vos penfées folitaires
s'égarent fur ces heureux temps
où nous vivions fous vos yeux !
qu'alors de pieufes larmes coulent
de vos joues & que vos faintes
prieres follicitent pour vos enfans
la bonté du ciel ! Je goûte un

plaifir délicieux à fonger que je ferai pendant toute une éternité auprès de mon amante ! Hélas ! nos bras ne pourront s'étendre pour s'enlâcer ; nos foupirs ne pourront fe répondre : mais nous ferons enfemble ! J'ai remarqué dans mes promenades un lieu fauvage qui nous convient : il eft planté de faules, coupé par des ruiffeaux, & entouré de collines qui lui forment un abri. J'ai vifité ce défert comme on va voir une terre où l'on doit habiter : il m'a paru propre aux méditations religieufes ; il attirera peut-être des ames fenfibles qui viendront y foupirer leurs peines, y pleurer leurs amours, y regretter leurs félicités paffées, & l'afpect de

L 5

nos tombeaux nourrira leur mélancolie. Peut-être, ſi la pitié nous
accorde une pierre ruſtique &
qu'elle y grave notre hiſtoire, on
nous plaindra d'avoir aimé.

A midi.

Je viens de revoir ma derniere
demeure ; je m'y ſuis promené
long-temps : j'ai choiſi l'endroit
où je deſire d'être placé ; j'en ai
même creuſé la terre avec un
bâton : c'eſt un ouvrage à moitié
fait. Je me trouve à préſent dans
une diſpoſition aſſez calme, &
je puis raiſonner avec vous. En
rêvant dans mon boſquet, j'avois
raſſemblé les argumens les plus
victorieux en faveur de mon projet ; mais je viens de les oublier ;

la mémoire m'échappe : hélas !
j'ai tout perdu ! je n'ai point lu
vos fophiftes qui ont écrit fur la
mort volontaire : leurs livres en-
nuient & n'apprennent point à
mourir. Ce font des ames féches
qui differtent froidement fur un
mouvement de défefpoir : d'ailleurs , toutes ces philofophies ,
comme dit une femme d'efprit ,
ne font bonnes que quand on n'en
a que faire. Je me borne à penfer
que Dieu eft clément , & que
mon ame eft immortelle ; voilà
tout ce qu'il m'importoit de favoir. Je ne cherche point fi j'ai
le droit de jetter un fardeau quand
il me péfe , & fi ma vie étant à
moi , je puis en difpofer : à quoi
bon ces difcutions rebattues , dès

que je veux cesser de vivre ? Mais
j'aime à revenir sur la pensée con-
solante de mon immortalité : j'aime à croire qu'il est un autre
monde où le pere inhumain meurtrier de ses enfans subira les su-
plices de l'enfer, où la douce &
timide colombe déchirée par ce
vautour, se refugiera dans le sein
du pere de la nature & recevra
de lui le prix de l'innocence, où
deux amans persécutés trouveront
un asyle contre les loix féroces
& les vils préjugés des hommes.
O mon ami ! qu'il en coûte peu
de quitter la vie quand on songe
à l'éternité ! Je ne conçois pas
ces philosophes qui s'attachent à
détruire la plus chere espérance
du malheureux, en lui présentant

pour l'unique terme de ses maux,
l'anéantissement ! C'est un systême
cruel & destructeur de toute félicité. Le premier qui l'imagina
dut reculer d'effroi : le premier
qui le publia dut faire crier au
blasphême. Cependant une opinion qui favorisoit les passions
désordonnées, qui sappoit toute
vertu, qui n'offroit après cette
vie ni châtiment ni tribunal à
craindre, une telle opinion, je
le conçois, pouvoit avoir des
prosélytes. Alors le meurtrier sanglant s'est assis tranquillement sur
le tombeau d'un ami qu'il avoit
poignardé ; & il a dit, je mourrai
tout entier. Alors le vil corrupteur sortant des bras d'une fille
séduite qu'il dévouoit aux larmes,

a bravé les remords, & le criminel obfcur qui échappoit à la
vigilance des loix a marché le
front levé. Mais pour cette claffe
d'hommes qui ont befoin du
néant, combien en eft-il à qui
une autre vie eft néceffaire, &
quel eft donc le projet de ces
impitoyables raifonneurs qui viennent murmurer à l'oreille de
l'honnête homme infortuné : vous
voyez le vice triomphant & la
vertu fouffrante ; vous en con-
cluez qu'il eft pour l'un & pour
l'autre une juftice diftributive ré-
fervée après la mort : c'eft une
erreur de fentiment que la réflexion détruit ; c'eft un préjugé
né de l'orgueil humain qui croit
la Divinité affez occupée de

cette petite portion des mondes,
pour punir ou récompenſer les
atômes qui l'habitent d'avoir bien
ou mal obſervé leurs loix. Les
barbares ! en prétendant ſoulager
nos maux, ils y mettent le comble : ils nous ôtent le ſeul bien
qui nous conſoloit de la priva-
tion de tous les autres. Les hommes ne ſont - ils pas aſſez malheureux, & faut-il augmenter leur
miſere en dégradant leur condition ? Que deviendroit l'équité du
Créateur ? Que deviendroit cette
providence qui ſe manifeſte à
toute la nature ? Quoi ! l'eſprit
& le corps ne ſeroient que la
même matiere différemment mo-
difiée ! Il n'y auroit dans l'univers
qu'une ſeule ſubſtance, & mon

être feroit le même individu qui
exifte à mille lieues de moi !
Quoi ! vous convenez que je
penfe & vous me refufez la fa-
culté de penfer ! La caufe de mes
idées, dites-vous, n'eft que l'impreffion des objets fur mes organes ! hommes en délire ! portez
loin de moi vos rêves téméraires !
j'approfondis ma penfée ; je la
compare avec l'objet ; je doute ;
je me détermine ; je choifis :
toutes ces opérations ne peuvent
convenir qu'à un être fimple &
fans étendue. Pourriez-vous par-
tager une réflexion, divifer un
acte de jugement ou de volonté,
concevoir fous l'idée de l'étendue
& du mouvement, l'ordre, la
vertu, les qualités morales, les

attributs métaphifiques ? Il eſt
donc évident que les facultés de
l'efprit n'appartiennent pas à la
matiere.

Mais pourquoi m'arrêter à combattre une chimere ? L'efprit
éprouve à la fois des impreſſions
diverſes ; il les diſtingue, les
compare & les juge : il s'élance
au milieu des idées abſtraites,
univerſelles, métaphifiques ; il
connoit le paſſé, prévoit l'avenir,
rapproche les temps, mefure les
diſtances, voyage dans l'infini &
porte dans le vaſte champ des
vérités, le flambeau de l'analyſe.
Quel flux de contrariétés l'agite !
il veut ; il ne veut pas ; il loue
dans un moment ce qu'il blâme
dans un autre ; il eſt tantôt gai,

tantôt triste ; il passe subitement
de la crainte à l'espoir, de l'a-
mour à la haine, & de la tranquille modération aux excès de
la colere : l'harmonie l'enchante ;
l'éloquence le persuade & l'en-
traîne ; la magie des arts le séduit ;
le récit des vertus l'enflamme ;
la beauté embellie par une ame
sensible est pour lui l'image de
la divinité. Cette ardeur de connoître & de jouir, ces élans im-
pétueux vers la félicité suprême,
indépendans d'une volonté passa-
gere, cet assemblage étonnant de
grandeur & de bassesse, de foi-
blesse & de force, de vice & de
vertu qui compose l'élément de
notre ame, ce combat perpétuel
entre les sens qui nous font péser

vers la terre , & la raifon qui
nous éleve au - deffus de nous-
mêmes , cet être double qui nous
conftitue, toutes ces preuves écla-
tantes fe réuniffent , comme dans
un foyer lumineux , pour me con-
vaincre qu'une matiere aveugle
& fourde n'eft pas le principe qui
nous anime.

Me voilà donc affuré de la
fpiritualité de mon ame : je fais
auffi qu'un efprit n'eft fufceptible
ni d'accroiffement , ni d'altération
du partie , ni de diffolution : ainfi
j'ai fait un grand pas vers la connoiffance de fon immortalité. C'eft
ici que la main de Dieu baiffe un
rideau fur la nature ; c'eft ici qu'il
me dit comme à l'océan qui couvre fes rivages ; tu n'iras pas plus

loin. Mais qu'ai-je befoin de
franchir les limites de ma raifon ?
Le dogme d'une autre vie a exifté
chez tous les peuples de la terre ;
toutes les bouches l'ont publié ;
tous les cultes l'ont admis ; l'an-
tiquité en faifoit l'objet de fes
myfteres, de fes fymboles, & de
fes fêtes religieufes : les images
d'Ifis , de Cérès & d'Adonis n'é-
toient qu'une repréfentation de
la vie future , & leurs cérémonies
fe rapportoient à la réfurrection
des êtres.

Cette voix qui s'éleve de tous
les coins de l'univers eft celle de
la confcience : elle crie à tous
les hommes qu'étrangers dans ce
lieu de paffage , ils font créés
pour une fin plus noble & pour

un autre féjour : elle dit au malheureux, attends & tu feras confolé ; au criminel, frémis, car tu
vivras ; à l'homme de bien, ta
récompenfe eft prête. Voix divine ! oracle facré ! comment ne
te croirois-je pas ? tu ne m'as
jamais trompé ! quand l'erreur m'a
féduit, quand la foibleffe humaine
m'entraînoit vers le vice, tu ton-
nois dans mon fein ; tu m'accu-
fois ; j'entendois tes accens terribles prononcer ma fentence :
quand je fortois de mon abjec-
tion & que je renaiffois au plaifir
de faire le bien , tu m'approuvois ; tu me rendois content de
moi - même : maintenant tu me
déclares que je fuis immortel, &
je le crois.

Si quelque doute entroit dans
mon cœur, je me profternerois
aux pieds du fouverain Maître; je
lui dirois : pere de la nature ! je
fais que tu peux détruire ton ouvrage & que toi feul domines
au-deffus des fiecles. Cette multitude d'inftans fugitifs que nous
appellons le temps, n'eft qu'un
point de ta durée : l'univers fe
perd dans ton immenfité, & les
atômes difperfés comme des grains
de fable fur cet amas de boue,
n'ont pas le droit de prétendre
aux brillans attributs de ton ef-
fence : mais fous l'empire d'un
Dieu jufte & bon, mon ame fe
révolte contre la penfée du néant.
J'ai vu les inftitutions humaines
détruire l'harmonie des êtres,

altérer les idées primitives de la morale , & remplacer par des loix arbitraires les faintes loix de la raifon ; j'ai vu l'infortuné courbé fous le fardeau des befoins , élever fes mains vers le ciel pour réclamer l'héritage qui appartient à tous les enfans de la femme , & que les riches de la terre ont ufurpé ; j'ai vu les fuccès du crime & les fouffrances de la vertu : fi tout devoit mourir avec nous , où feroit l'économie de ta providence & la diftribution de ta juftice ? Cependant quelque foit mon fort , ô fuprême Ordonnateur des mondes ! je ne demande point à pénétrer tes voies auguftes ; je m'humilie devant ton trône , & ma confiance dans tes

décrets eſt ſans meſure comme
leur équité. Si de nouvelles clartés avoient pu m'aider à perfec-
tionner ma raiſon , ſi j'avois pu
devenir plus vertueux en étant
plus inſtruit, tu ne m'aurois point
caché ce qui pouvoit me rendre
meilleur : mais dans le crépuſ-
cule de cette vie, ne m'as-tu pas
donné la portion de lumiere qui
ſuffiſoit pour me conduire ? Peut-
être as-tu voulu confondre l'orgueil de l'homme , quand tu l'en-
vironnas de myſteres , quand tu
fis de ſa propre nature un pro-
blême inexplicable. Juſqu'où l'a
porté le deſir curieux de ſe connoître ! Que de rêveries ſont nées
dans le cerveau des Sophiſtes !
Que de temps ils ont perdu à
pourſuivre

poursuivre leurs chimeres ! que
de bien ils auroient pu faire, tandis qu'ils se dévouoient à de vai-
nes études ! j'ai fermé leurs livres
qui m'égaroient, & j'ai médité
sur le livre du monde, où j'apprenois à sentir le prix de tes bienfaits. Maintenant je retourne à
toi, & mes jours n'auront pas
été perdus si j'ai laissé quelques
traces de vertu sur la terre.

O mon ami ! que de plaisirs
découlent pour moi de la con-
viction de mon immortalité !
Comme je me souris avec orgueil ! comme je suis fier de moi-
même ! A peine mes pieds tou-
chent la terre : je crois avoir des
aîles ; je suis prêt à m'élancer :
je foule avec dédain cette argile

qui n'a plus rien de commun avec moi : je regarde le ciel avec attendriſſement, comme un lieu de délices que je vais occuper. Pourquoi me feroit-il fermé ? L'amour vertueux doit trouver grace aux yeux du conſervateur de l'univers : il mit en nous le germe des penchans honnêtes & ne punit que l'abus de ſes bienfaits. Si je quitte la terre, ce n'eſt pas pour fuir ſes regards que je n'ai jamais craints ; c'eſt pour échapper au malheur qui m'accable ; c'eſt pour aller dans ſon ſein, réclamer la compagne qu'il m'a donnée, & que les hommes me refuſent : & pourquoi, dans ces heureuſes contrées, n'aurions-nous pas l'eſpoir de nous réunir ? Il feroit affligeant

de suppofer que la mort rompra
tous les nœuds qui nous atta-
choient à nos amis, & que ces
objets fi chers feront pour nous
comme s'ils n'étoient plus. Avois-
je befoin de voir mon amante
pour la diftinguer dans un cercle?
Un mouvement fecret, un tref-
faillement involontaire ne m'an-
nonçoit-il pas fa préfence ? &
quand je l'attendois, n'avois-je
pas de fourds preffentimens de
fon approche ? Oui, cet inftinct
célefte indépendant de nos organes, eft une modification effen-
tielle à notre ame, & nous ne
devons jamais le perdre. Oui, je
me flatte, j'efpere que le même
attrait qui rapprocha dans ce
monde deux ames fenfibles pourra

furvivre à la deftruction de la
matiere & fe conferver en elles
comme la flamme élémentaire
dont elles furent pénétrées. J'ofe
préfumer que fous les yeux du
Bienfaiteur fuprême, les nobles
fentimens qui nous animoient dans
cette vie terreftre pourront encore
fe reproduire, & c'eft alors que
dégagés de nos viles paffions, ils
brilleront de toute leur beauté
originelle, tels qu'ils étoient éma-
nés du fein de leur auteur.

A neuf heures.

Quelle nuit terrible ! tous les
vents font déchaînés ! l'obfcurité,
la pluie, la grêle, une inondation
générale font de la nature une
fcène d'horreur ! Je viens de fortir

pour jouir de ma derniere foirée.
J'errois fur les bruyeres & dans
les ruiffeaux gonflés par le déluge
qui tomboit du ciel ; je refpirois
l'orage ; j'élevois mes bras , & je
criois : vents ! tempête ! ouragan !
tonnez fur moi ! Je n'ai plus rien
à perdre. Des fantômes paroiffoient marcher fur la plaine ; je
diftinguois les ombres de Louife,
de Sufanne & de fon pere ; elles
fembloient monter fur les mé-
téores enflammés , & mêler leurs
voix au fiffiement des vents. Je
couroisvers ces efprits ténébreux ;
je brûlois de me perdre avec eux
dans le cahos des élémens. Mon
chien hurloit en me fuivant. Cher
& fidele compagnon de tous mes
pas ! bientôt tu chercheras ton

maître, & tu ne le verras plus.
Peut-être l'amitié te conduira fur
mon tombeau : tu fouilleras la
terre où je dormirai : tes larmes
couleront & tu frapperas le vallon
de tes cris plaintifs.

La tempête redouble ! le ciel
eft comme une mer en fureur.
J'entends le bruit des arbres fra-
caffés & le mugiffement lugubre
qui fort des montagnes. Quelques
étoiles brillent dans l'obfcurité
des nuées & s'éteignent fubite-
ment. Hélas ! la nature fe couvre
de deuil pour le départ de deux
de fes enfans ! La voilà cette lune
que j'ai tant aimée ! fa lumiere
brille fur le château des Ormes,
fur cette cage infernale où gémit
un cœur auffi navré que le mien...

Elle éclaire maintenant le bosquet
dont j'ai pris possession. Adieu,
bel astre à qui je devois de si
douces promenades ! tu brilleras
bientôt sur le gazon de ma tombe.... Je cherche des yeux le ber-
ceau de Justine que Thérese a
visité, le banc où elle s'est assi-
se.... Tout est caché dans les té-
nèbres..... Voilà comme je serai
demain ; enseveli dans une nuit
éternelle, froid, insensible !....
L'univers changera de face ; les
empires se renouvelleront ; les
années, les siecles passeront sur
moi, & je serai toujours là ! les
rossignols chanteront à mes côtés
dans les nuits de mai ; la fraîche
haleine du matin soufflera sur ma
couche ; le Printemps fera re-

verdir les saules qui m'ombrágeront ; il fleurira jusqu'à l'herbe dont je serai couvert, & je resterai seul inanimé !.... O néant ! pensée terrible ! l'esprit se perd dans ton abîme ! il recule épouvanté ! être & n'être plus ! s'engloutir dans le passé ! s'évanouir comme les ombres de ces nuages ! s'effacer de la mémoire des hommes comme l'idée fugitive qui sort de mon cerveau ! Eh bien ! quel malheur de n'être plus rien sur une terre maudite ? J'y laisserai ma dépouille comme en se hâtant de fuir un hospice incommode on y laisse un meuble inutile ; mais mon ame sera quelque part.... Oui, oui, rassurons-nous ! Thérese & moi, nous allons cher-

cher un meilleur gîte : elle m'attend.... Mais, grand dieu! fi j'allois m'abufer ! fi je l'entraînois
dans d'éternelles douleurs ! fi au
lieu de cette félicité que j'efpere,
je ne trouvois que des tourmens
illimités ! Des tourmens ! hommes cruels ! ils n'appartiennent
qu'à vous ! Des tourmens ! auprès
d'un Dieu de clémence ! comment
peut - on affocier des chofes fi
contraires ! comment peut - on
concevoir l'auteur, l'ami, le confolateur de tous les êtres, affligeant deux innocentes créatures,
pour n'avoir pu réfifter à leur mifere ! Ah ! fi lui-même a paru
fuccomber fous le poids des fouffrances de l'humanité, s'il a repouffé loin de lui le calice de la

M 5

douleur, eft-ce à de foibles mor-
tels qu'il eft poffible de le boire
tout entier, & n'ont-ils pas le
droit de quitter furtivement le
banquet de la vie quand tous fes
mets leur font amers? Il eft vrai
que fi j'avois pu former des nœuds
chéris, ils m'auroient fait aimer
l'exiftence : mais ces hommes que
vous appellez mes femblables,
je m'en fuis vu repouffé, méprifé,
couvert d'opprobre ; & vous voulez que je les fupporte, moi, vil
rebut de ce vil troupeau ! Non,
mon ami ! non ! plus de commerce
avec eux ! nous ne pouvons refter
fur la même terre ; & puifqu'ils
y font, il faut que je parte.

Dimanche , à fix heures du matin.

Je fors d'un repos frais & tranquille : en m'éveillant j'ouvre ma
fenêtre pour voir le ciel : quelle
férénité ! comme il eft pur ! l'o-
rage s'eft diffipé ; mais mon cœur
eft encore le même ! Je vois paroître l'étoile du matin : elle va
me guider vers un rendez-vous,
hélas ! bien différent de ceux où
tant de fois elle m'a conduit....
Mon chien me careffe.... pauvre
animal ! je le baife, & je pleure...
Ami ! je vous le laiffe ! il vous
rappellera le fouvenir de fon maître.... Mais le chant du coq fe
fait entendre ; les travaux des
hommes recommencent.... . &les
miens vont finir ! Allons ! prépa-

M 6

rons ces inſtrumens de mort qui
doivent nous faire paſſer dans un
meilleur monde ! O Dieu que
j'invoque en tremblant ! Puiſſance
inconnue & terrible ! je me proſ-
terne devant toi ; entends ma derniere priere ! je ne ſuis pas un
méchant ; ma main n'eſt pas ſouil-
lée de crimes : cependant, ſur le
point de paroître à tes yeux, je
frémis ! ſerois-tu un Dieu de vengeance, comme ces impoſteurs me
le diſent ? aurois-tu des ſupplices
pour un infortuné qui ſort de la
vie ſans y avoir connu le bonheur ? Près de me jetter dans l'a-
bîme effrayant de l'éternité, je
t'appelle à mon ſecours : mais ce
n'eſt pas pour moi que je t'implore ; c'eſt pour une douce &

vertueufe compagne dont la feule
faute eft de m'avoir aimé. Ne la
punis pas de fon amour, & fi
c'eft un crime d'avoir prévenu le
moment de revoler vers toi, que
le châtiment ne tombe que fur
ma tête!.... l'heure fonne....
allons ! c'eft trop tarder.....
viens fur mon cœur, cher & précieux ruban qui couvrois un fein
pur & virginal ! gage adoré que
j'ai mille fois preffé de mes lèvres !
tu me fuivras dans le tombeau.
Adieu ! généreux ami ! adieu, mon
protecteur ! j'emporte avec moi
le fentiment de vos bienfaits, &
je ne regrette que vous feul au
monde ! Adieu, ma chere cabane
où j'ai paffé des jours fi doux !
adieu campagnes que Thérefe

embelliſſoit ! adieu ciel & terre ! boſquets où j'allois rêver ! beau vallon , & toi fleuve dont les rives m'ont reçu tant de fois ! adieu.... votre ami ne vous verra plus.

LETTRE LXV.

Thérese à son Pere.

MONSIEUR,

JE vais vous faire entendre un langage que jamais aucune fille peut-être n'ofa tenir à fon pere : mais je fuis hors de toute regle, & mon infortune eft fans exemple. C'eft de la région des morts que je vous parle : quand vous lirez cette lettre j'aurai repris mes droits ; jene ferai plus votre fille ; je ne ferai plus rien.... Homme inexorable.... mais pardon ! Monfieur ! je me fouviens encore que vous avez été mon pere, & je vous fupplie de m'écouter ! Vous

ne m'avez jamais aimée ; je le dis
avec une amertume affreufe, &
quand je repaffe fur toute ma
vie, je ne puis concevoir le motif de votre haine contre une enfant qui ne demandoit qu'à vous
chérir & qui faifoit tout pour
mériter votre amour. Avec quelle
dureté vous me teniez éloignée
de vous ! Je ne pouvois vous voir
que rarement, & les jours où j'é-
chappois de mon couvent pour
jouir des embraffemens paternels
étoient des jours de grace. Votre
févérité ne vous quittoit pas même
dans ces douces étreintes où je
portois toute la tendreffe filiale
& l'extrême defir de vous plaire.
Vous ne receviez mes careffes
qu'avec peine, & je fortois de vos

bras en verfant des larmes de douleur, comme d'autres filles quittent le fein d'un pere avec des
émotions délicieufes & des larmes de volupté. Peut-être que
mon efprit frappé de l'idée de
votre antipathie me rendoit plus
fenfible la froideur de cet accueil;
mais j'en étois navrée. Lorfqu'enfin fortie du cloître où vous m'a-
viez retenue depuis mon enfance,
j'ai goûté la douceur de vivre
fous les yeux de mes parens, vos
rigueurs fe font accrues. Vous ne
me parliez plus ; vous me regar-
diez rarement, & vos yeux n'a-
voient point cette bonté que je
leur défirois. Vous n'étiez occupé
que de mon frère ; vous en faifiez
l'objet de vos affections, de vos

difcours , de vos projets , de vos foins , de vos démarches : quoiqu'abfent, il rempliffoit la maifon paternelle de fon influence , & j'étois oubliée : je puis attefter le ciel que je n'ai jamais été jaloufe des préférences que vous accordiez à mon frere. Hélas ! j'avois fi peu d'ambition, qu'un feul de vos regards plus doux que de coutume rempliffoit de joie toute ma journée. J'étois heureufe quand vous m'aviez dit un mot , quand vous m'aviez fouri , & je me félicitois de cette jouiffance. O Monfieur ! fi vous faviez combien vous auriez embelli mes jours par les moindres faveurs , combien il vous en eût peu coûté d'être aimé , je dis plus , d'être

adoré de votre fille ! J'allois au
devant de cette tendreſſe que je
n'ai jamais pu gagner ; je faiſois
tout pour l'acheter ; ſi vous m'a-
viez demandé de mourir, je vous
aurois donné ma vie alors auſſi
facilement que je la quitte, &
dans l'inſtant où en me preſſant
avec douceur de céder à vos dé-
ſirs vous me faiſiez ſentir pour la
premiere fois le bonheur d'avoir
un pere, une careſſe de plus, &
je ſuccombois à vos ſéductions ;
je m'abandonnois au ſacrifice
odieux que vous me demandiez ;
je ſignois mon éternel malheur !
Pourquoi donc m'avez-vous accablée de votre inimitié ? Pourquoi
tourmenter une foible victime qui
ne pouvoit vous oppoſer que ſes

pleurs & ses prieres ! Avois-je
mérité d'être l'objet de vos vengeances ? Étois-je coupable enfin
de ne point accepter l'engagement auquel vous vouliez me
contraindre ? O Monsieur ! Monsieur ! que de reproches vous avez
à vous faire ? Un jour vous saurez
peut-être quel est le méprisable
époux que vous m'aviez choisi ;
vous connoîtrez sa vie , & vous
gémirez , mais trop tard , de vos
violences. Je ne vous révele point
des turpitudes dont je rougirois
de souiller má plume , parce que
vous ne les croiriez pas , & qu'il
m'est désormais indifférent que
vous les appreniez. Mais le temps
me justifiera , & c'est alors que
vous serez désespéré de m'avoir

maudite.... O ciel ! avez-vous pu
la prononcer cette horrible malédiction, sans être glacé d'épouvante ? O pere inhumain ! vous
en voyez le fruit ! votre miséra-
ble enfant est perdue pour cette
vie & pour l'autre ; un délire affreux m'a saisie ; je meurs ; je me
précipite dans un abîme de maux :
mais il n'en est point d'égal à
ceux que vous m'avez causés.
Adieu , Monsieur ! puissiez-vous
être heureux sans trouble & sans
remords ! Quand vous vous sou-
viendrez que vous aviez une fille ,
je doute que votre cœur soit tranquille ! il vous en reste une encore , & c'est pour elle que je
vous conjure d'avoir au moins de
l'humanité si vous n'avez point

d'entrailles ! Je vous conjure à
genoux de ne la point faire mourir ! Ne traînez point toute votre
famille au tombeau ! Songez que
le chagrin a confumé les jours de
ma mere.... A ce nom chéri,
toutes mes plaies fe renouvellent:
je me rappelle fes foins, fes
bontés, fa conftante amitié : elle
feule adouciffoit en moi la douleur de n'être pas aimée de mon
pere. Combien de fois elle a reçu
dans fon fein les larmes ameres
que vous me faifiez verfer ! Elle
y mêloit les fiennes : elle me
confoloit de l'excès de vos rigueurs. Souvenez-vous, Monfieur, de ce jour où vous pûtes
vous oublier jufqu'à lever la main
fur votre malheureufe fille : ma

mere me vit tomber à vos pieds fans
connoiffance, & cette image lui
a toujours été préfente. Hélas !
fi elle vivoit encore , comment
pourrois-je me réfoudre à quitter
la vie ? Mais elle n'eft plus, &
je vais l'aller rejoindre. Pour
vous , Monfieur , je ne me flatte
pas de vous revoir : vous m'avez
tant haïe , vous m'avez fait tant
de mal, que ma vue vous feroit
importune. Si cependant votre
cœur alloit changer , fi dans un
autre monde vous repreniez les
fentimens d'un pere , ô ! quelle
félicité pour moi ! avec quelle
ardeur j'irois me jetter dans vos
bras & vous demander le prix de
tant d'années de tendreffe inuti-
lement écoulées ! Daignez con-

fentir à m'aimer & tout eft oublié.
Ma mort même, fi elle peut vous
attendrir, aura fait mon bonheur.
Songez que j'étois votre enfant,
& permettez-moi de vous appeller
encore mon pere ! C'eft la derniere fois qu'un nom fi doux vient
fur mes lèvres. En lifant cette
lettre où mon cœur fe répand
devant vous, laiffez couler quelques larmes d'amour & de regret !
O mon pere ! exaucez-moi ! je
n'implore que vos larmes, & je
meurs contente.

LETTRE

LETTRE LXVI.

& derniere.

THÉRESE à CONSTANCE

Il faut nous quitter, ma chere Conftance, & nous quitter pour toujours. Je vais paffer dans un pays inconnu : je ne fais pas trop où j'irai ; mais peu m'importe. J'irai loin des cruels qui me perfécutent : c'eft tout ce que je veux. Vous jugez bien que je ne pars point feule ; il eft vrai qu'un autre m'accompagne ; il eft encore vrai que fans lui la vie, la mort, tout me feroit égal. Ne croyez pas pour cela que vous m'en foyez moins chere. O ma tendre &

fidele amie ! combien je vous
regrette ! que de larmes j'ai ver-
sées en songeant à cette séparation ! Mais on m'a tant fait souffrir ! j'étois si lasse de vivre ! il
falloit bien mettre fin à toutes
ces horreurs. L'auriez-vous cru
que cette Thérese si foible, si
craintive, oseroit se porter à cet
excès de désespoir ? Vous serez
épouvantée de l'apprendre, & les
circonstances de ma mort vous la
rendront plus douloureuse. Hélas !
je prévois vos regrets : nous étions
cheres l'une à l'autre : mais ne
devions-nous pas nous quitter un
jour ? Nos chaînes auroient été
plus fortes & nos adieux plus déchirans. Console-toi, ma douce
amie ! va ! je ne t'oublierai point ;

mon ame fuivra tes pas ; elle fera
ta gardienne affidue ; elle détour-
nera de tes jours les dangers qui
pourroient les menacer. Au milieu de tes nuits paifibles, fouvent
je me préfenterai devant toi pour
récréer ton fommeil & te rappeller nos tendreffes. Comment pourrois-je ceffer de t'aimer, moi qui
refpirois dans ton cœur, qui pleurois de tes larmes, qui me réjouif-
fois de ta joie, qui t'affociois à
tous mes fentimens? Il m'eût été
plus doux de t'avoir auprès de
moi pour fermer mes yeux , &
recevoir mon dernier foupir. J'aurois encore vivement fouhaité
d'être enfevelie aux pieds de ma
mere : mais tant de bonheur ne
m'eft pas réfervé : il faudra que

je meure comme j'ai vécu, dans la douleur & le délaiſſement ! Que le ciel béniſſe ma chere Conſtance, & puiſſent toutes les félicités ſe raſſembler ſur elle ! C'eſt le ſeul vœu qui me reſte à faire, & je m'aſſure qu'il s'accomplira : il faut bien que de temps en temps, la Providence, pour ſe manifeſter, accorde un prix à la vertu. Séche tes pleurs, ma bien aimée ! la vie ne mérite pas qu'on regrette ceux qui l'abandonnent. Qu'aurois-je fait dans le monde, livrée au tourment d'un amour que je ne pouvois dompter ni ſatisfaire, condamnée à paſſer dans les bras du plus odieux des hommes & à lutter contre l'horreur de ſa vue? J'aurois ſuccombé peut-être à la douleur, après deux ou trois ans de tortures : ne vaut-il pas mieux que je meure aujourd'hui ? Si j'ofois élever ma voix devant le Créateur, fi l'argile ofoit murmurer fous la main du Potier, je demanderois à Dieu d'où vient qu'il a répandu fur moi tant d'amertume, d'où vient qu'en ouvrant les yeux à la lumiere, mes larmes ont coulé & ne fe font plus taries ? Dans la diftribution des maux & des biens avois-je mérité ce partage inégal? Étois-je plus faite qu'une autre pour être malheureufe ? En vérité je ferois tentée de croire à la deftinée ! Il y a des momens où je me perfuade qu'une aveugle fatalité préfide à notre fort ! Le

N 3

ciel m'avoit favorifée de quelques agrémens ; l'éducation y
avoit ajouté des talens aimables
& d'utiles connoiffances : la fortune ne m'avoit rien laiffé à dé-
firer : cependant tu vois ce que
tout cela eft devenu ! j'ai paffé
mes jours à pleurer , & je finis
par rejetter loin de moi cette vie
infupportable..... Adieu , mon
amie ! on ne doit pas fe plaindre
quand on va ceffer de fouffrir !
conferve précieufement tous les
gages de ma tendreffe ! qu'ils
foient pour toi les monumens de
l'amitié la plus parfaite ! chéris
mon fouvenir ; relis fouvent mes
lettres ; les pleurs qu'elles te feront verfer ne feront pas fans un
mélange de plaifir : que je fois

quelquefois l'objet de tes entretiens : je me flatte que tu ne par-
leras jamais de ton amie sans une
douce émotion. Dis à ta mere que
je l'adorois comme la mienne ;
conjure-la de ne pas m'ôter son
estime ! Si de vils calomniateurs
attaquoient ma mémoire, soyez
mes protectrices ; élevez la voix
pour me défendre : racontez les
supplices que j'ai soufferts & les
sacrifices que j'ai faits : osez dire
hautement ce que ma fierté ne
m'a jamais permis de révéler ;
quel étoit l'homme auquel j'ai
préféré le tombeau : publiez sa
vie pour justifier ma mort. On
saura qu'il s'étoit réfugié dans les
Indes pour se dérober en France
au châtiment de ses désordres ;

qu'après avoir époufé dans ces pays lointains une Créole qui lui apportoit une fortune confidérable, il a caufé fa mort par les procédés les plus barbares ; qu'en ayant eu deux filles, il les a reléguées dans un cloître pour affurer fes biens à un enfant né pendant la vie de fa femme, d'un commerce illégitime ; que fes fœurs font dans la mifere & qu'il a refufé de les voir ; qu'il continue de vivre avec la malheureufe dont il s'eft fait fuivre, & dont il m'eût rendue l'efclave.... Ma plume s'arrête & fe refufe à tracer tant d'infamies ! Vous me demanderez, mon amie, pourquoi je n'en ai pas inftruit mon pere ? J'avois cru que fur mes refus conftans on ne

s'obſtineroit point à me donner
ce monſtre, & les choſes ayant
été pouſſées au dernier dégré de
la violence, j'ai pris le parti d'un
ſilence éternel, autant par fierté
que par raiſon : peut-être ne
m'eût-on pas écoutée ; peut-être
eût-on traité d'impoſtures les rap-
ports que j'aurois produits : il
falloit en nommer les auteurs,
& Dieu même n'eût pas été cru
par les tyrans qui avoient juré ma
perte. Que faire dans ces extré-
mités ? m'enfuir ? me ſauver lâ-
chement ? m'expoſer aux regards
publics ? Je pouvois m'échapper ;
on m'en offroit les moyens ; on
les couvroit d'une ombre de raiſon. Eh ! quel attrait on em-
ployoit pour me ſéduire ! Ima-

ginez, Conftance, qu'on me donnoit l'efpoir d'être unie à celui
que j'aime! M. de Thémine m'appelloit dans ce lieu de délices
dont l'idée me charme encore.
Il m'y promettoit un afyle : je
n'avois qu'à faire un pas pour être
heureufe! Mais confidérez d'un
autre côté qu'il étoit facile au
crédit d'une famille irritée d'en-
fevelir dans les cachots un malheureux étranger qui ne tenoit à
perfonne & qui feroit difparu
fans qu'une feule voix l'eût ré-
clamé. Fatigué des perfécutions
il vouloit mourir. Pouvois-je le
laiffer aller feul, moi que la douleur auroit tuée au moment de fa
mort? O chere coufine! il eft
donc vrai que les paffions trans-

forment nos ames , & qu'on ne
peut répondre avec l'amour de
la vertu, de ne pas fuccomber
au crime!.... au crime ! Hélas !
feroit-il vrai que je fuis coupable?.... Adieu ! adieu, ma fidelle
amie ! priez pour moi la divine
Clémence de pardonner à ma foibleffe. C'eft pour retourner chez
mon pere que je m'en vais ; je le
verrai ; je lui dirai ce que j'ai
fouffert, & il aura pitié de moi.
Il fait qu'avant ce fatal inftant ,
la vertu me fut toujours chere,
& que ma vie ne s'eft pas écoulée
fans quelques bonnes œuvres. Un
jour d'erreur ne peut lui faire oublier dix-huit ans d'innocence :
malgré la paffion qui m'égare,
mon cœur eft pur, j'ofe le dire,

& je ne crains pas de porter à son tribunal le compte de mes actions. Il y a huit jours que j'étois encore aussi contente de moi-même que je le fus jamais. Au milieu de mes souffrances, je n'aurois pas changé la paix de mon ame pour la fortune des Rois. Quelle étrange révolution s'est faite en moi ! Comment l'ange de lumiere est-il tombé dans l'abîme ? Ah ! Constance ! tremblez de vous livrer aux séductions de l'orgueil ! Le sentiment intime de notre vertu ne sert qu'à nous perdre, & le châtiment de cette vaine présomption est dans le prompt renversement de nos espérances. Pensez, ma chere amie, que cette piété

dont j'étois armée comme d'une
égide impénétrable, ces principes
d'une éducation févere , cette
fierté qui me faifoit repouffer
jufqu'à l'idée d'une foibleffe, rien
n'a pu me fauver. Je n'écris point
à M. le Curé ; que lui dirois-je?
Comment me juftifier ? c'eft à
vous, ma chere coufine, que je
laiffe le foin de le confoler : faites lui part de ma lettre; affurez-
le bien que je conferve en mou-
rant la plus tendre vénération
pour fa perfonne, & la plus vive
reconnoiffance de fes bontés.

Fin du dernier Tome.

ERRATA.

TOME I.

Page 20, lig. 20, je ne fuis, *lifez* je ne fuis.

Page 58, lig. 7, tout m'épouvanre, *lifez* tout m'épouvante.

Page 120, lig. 19, j'en fus, *lifez* j'en fus.

Page 199, lig. 10, le brutes, *lifez* les brutes.

TOME II.

Page 259, lig. 14, du partie, *lifez* de parties.